DAVID

Es fuerte y rápido y tiene ideas brillantes. De origen africano, fue adoptado cuando tenía dos años. Le encanta leer.

OTTO

Frío, calculador, anticuado y un poco sabelotodo. Ha viajado por el mundo con su abuela, una reconocida arqueóloga. Tiene un don para la música.

VALENTINO

Es un pelma, alocado e impulsivo, pero quiere mucho a sus amigos y, cuando no se enfada, es todo un bromista. Le gustan los trucos de magia.

Primera edición: junio de 2018

Diseño de la colección: Laura Zuccotti
Maquetación: Endoradisseny
Edición: Iago Fernández
Dirección editorial: Iolanda Batallé Prats

Casa Catedral®
Josep Pla, 95
08019 Barcelona

Impreso en Limpergraf

Depósito legal: B-4.506-2018
Impreso en la UE
ISBN: 978-84-246-6310-0

SUPERJUSTICIEROS DEL FÚTBOL

ROBO EN LA GRAN FINAL

Victor & Victoria Koppa

Traducción de
Marcelo E. Mazzanti

laGalera

Temis, David, Valentino, Daniela, Carolina y Otto tienen un objetivo: ser **SUPERJUSTICIEROS DEL FÚTBOL.**

Forman un equipo con dos caras: cuando tienen que impartir justicia en los campos de fútbol son **LOS REYES DEL SILBATO.**

Pero cuando tienen una misión peligrosa se transforman en los **ENMASCARADOS DE LA JUSTICIA.**

¡El mundo tiembla al verlos venir!

CALENTAMIENTO

¡LA LIGA BUSCA CAMPEÓN!

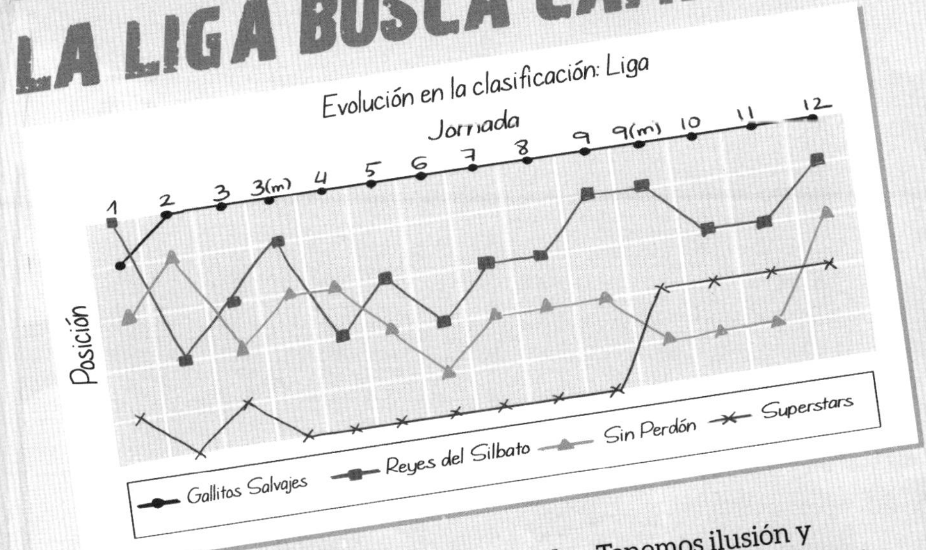

Rueda de prensa previa a la *Final Four* de la Liga. Por parte de los Reyes del Silbato comparecen Vicky (entrenadora), Temis (capitana) y Vale (dice que es el mago del equipo).

Toni Pelotazo para Televisión Factor Campo: ¿Cómo llegáis a la esperada cita?

Vicky: Tenemos ilusión y confianza en nuestras posibilidades, el equipo está bien, concentrado, sereno. Pero también sabemos que será difícil superar a nuestros rivales.

Temis: A la *final four* van los mejores, y cuesta llegar. Pero aquí estamos para intentar ganar.

Vale: Y sobre todo para celebrarlo, tíos, eso seguro.

Juana Pañolada para Cadena COPA: ¿Qué os parece que vuestro primer entrenador, el señor Peter Perrowsky, haya decidido no participar en la *final four*?

Vicky: Es lógico: como propietario de las Islas Más que Malditas y de la Escuela, no quiere participar por respeto a los rivales. Su papel institucional está por encima del cargo de entrenador. Es él quien entrega la Copa del Silbato de Oro al campeón.

Temis: Siempre hemos respetado las decisiones de Peter, él nos ha dado mucho. Y comprendemos estas circunstancias.

Vale: Perrote… ay, perdón, Peter… siempre ha ido a su bola, pero ya nos las arreglaremos. Con Vicky estamos «IN» total.

Adjutorio Maki para Wall Pass TV: ¿Cómo valoráis la trayectoria de los cuatro equipos durante toda la competición?

Vicky: Los datos indican que los Gallitos Salvajes siempre han sido líderes, menos en la primera jornada; nosotros hemos oscilado entre la primera y la cuarta posición, y los Sin Perdón y los Superstars han estado a menudo debajo de nosotros, cerca de la eliminación.

Temis: En principio, los Gallitos están un peldaño por encima de los demás. Pero creo que eso ahora no importará demasiado. Puede pasar cualquier cosa.

Vale: Sí, pero los Sin Perdón se clasificaron de pura chiripa, y si no les ganamos, mejor que dejemos el arbitraje.

Temis: ¡Hombre, no digas eso, tienes que ser prudente!

Vale: De acuerdo, Timisita, entonces seguiremos arbitrando.

Temis: Me refería a lo de clasificarse de chiripa…

Laura Cañonazo, para Crónicas del Descenso: Como apuntaba Valentino, en la semifinal tendréis que enfrentaros a los Sin Perdón. ¿Cómo los veis?

Vicky: Son potentes. Empezaron bien la Liga; después tuvieron un bajón, pero al final lo superaron. Creo que están en un buen momento y tenemos que ir con cuidado.

Temis: Para poder superarlos tendremos que darlo todo, centrarnos en la semifinal y no pensar más allá.

Vale: Pues yo sí que pienso más allá, más que nada en las vacaciones que tendremos cuando acabe todo esto. ¡Tengo unas ganas locas!

AVENTURA 6

Vale forma parte de los Reyes del Silbato, que sueñan con ganar su Liga. Pero una cosa son los sueños y la otra la cruda realidad.
A veces un pequeño error puede provocar una auténtica tormenta...
y entonces solo queda una posibilidad:
sacar lo mejor de uno mismo...
y luchar.

PITIDO INICIAL
EL GRAN MARRÓN

La luz se va, todo se queda a oscuras. Vale oye las expresiones de sorpresa de sus amigos fuera de la sala donde él se encuentra; la voz de Vicky y un «tranquilos, tranquilos» que pone nervioso a cualquiera. El director del club dice «sí que es raro...», pese a la fuerte tormenta que cae sobre el estadio.

Fuera llueve a cántaros, pero... ¿y si el apagón no se debe a eso? ¡Ahí dentro Vale está solo, indefenso, es carne de cañón! Se vuelve, extiende una pierna para echar a correr y...

No puede ser.

Bling-blang, hacia aquí, hacia allá... Después no sucede nada durante medio segundo, y de repente: CRAC. Un ruido seco cerca de sus pies, en el suelo, y clincs y cloncs que se alargan como serpientes que se arrastran y muestran los colmillos.

Sonidos envenenados que le recorren el cuerpo como ratas asustadas. Su corazón enloquece, la cabeza le estalla. Uf, no puede ser verdad.

Desearía hacer un viaje en el tiempo para volver atrás, magia para cambiar el pasado y el presente, para evitar el marrón en el que se ha metido él solito.

Vale recuerda una frase de una peli épica: «Tú no lo sabías, pero todos los caminos llenos de angustias y peligros te han conducido a este alto destino. Oh, Paco, sé digno de tu pueblo».

Eso era lo que le decía un sacerdote al protagonista mientras lo coronaban rey en una catedral abarrotada de tipos felices que comían perdices. Un sermón muy guapo, para salir del cine contento. Pero el tío no se llamaba Paco, tenía un nombre más heroico que ahora Vale, con todo el estropicio, no logra recordar.

¿Qué le diría el sacerdote a él? «Tú no lo sabías, pero todos los caminos llenos de angustias y peligros te han conducido a este campo de enormes boñigas de vaca. ¡Oh, Vale, sé digno de tu Escuela y arréglalo, pringado!»

Y entonces vuelve la luz.

COMO LA TORRE DE PISA

Vale baja la mirada. Acaba de cargarse la Copa del Silbato de Oro. La estaba contemplando embobado, solo, en la sala donde está guardada. Al quedarse a oscuras ha intentado salir de allí, ha rozado con el talón el pedestal en el que reposaba el trofeo y...

Resultado: la copa se ha roto y se ha fragmentado en varios trozos esparcidos por el suelo. El balón. Los dos rayos. El tronco. La base. Y también se han soltado del metal unos cristales de colores que tenía incrustados.

Suerte que, a fin de cuentas, la copa no tiene valor, es solo un pedazo de metal, un símbolo de la victoria. Pero mejor arreglar el asunto: sería todo un detalle recomponerla antes de la gran final.

—¿Todo bien, Vale?

—¡Claro, Vicky!

—Ven, que va a recibirnos la presidenta del club.

—Un momento, que estoy flipando con la copa.

Vale recoge los pedazos y usa los objetos que lleva dentro de su sombrero de copa. Saca celo y corta varias tiras con los dientes. Primero une la base al tronco, después el tronco al balón, el esférico con los rayos. Rápido, rápido...

Pero el resultado queda muy poco lucido.

—¡Vale!

—Ya voooy.

Saca unos clips de oficina, que a veces usa para hacer trucos de magia, y abriéndolos obtiene unos alambres. Los coloca en las diferentes partes para reforzar el celo.

Su padre seguía una serie que se llamaba *McGyver*, y él había visto algún episodio. Iba de un tío que lo arreglaba todo con unos inventos de narices hechos con cualquier mierdecilla. Vale no llega a su nivel de perfección, pero salva la copa.

La deposita en el mueble con delicadeza, no vaya a ser que se desmonte de nuevo. La contempla y resopla. Puaj, menuda chapuza, parece estar a punto de desmoronarse... pero, de momento, se sostiene.

Así, torcida, recuerda a la Torre de Pisa, que es muy famosa y visitada. ¡Vaya, la gente debe de gastarse una pasta gansa para ir hasta allí! A ver si todavía resultará que él ha mejorado el trofeo como obra de arte al darle su toque personal...

—Chico, ¿vienes o no?

El directivo asoma la cabeza por la puerta. Vale sonríe y tapa el trofeo con su cuerpo.

—Esta copa es tan chula...

Sale a toda prisa. El hombre apaga la luz y después cierra la puerta, pulsando unos números en un sistema electrónico.

—¿Vendrán más equipos a verla?

—No, los demás ya han pasado antes por aquí, sois los últimos. La sala permanecerá cerrada hasta la gran final.

Vale respira, más tranquilo.

UNA OBRA DE ARTE

Los Reyes del Silbato llegan a uno de los palcos de la tribuna del Estadio Modesto Sobrado Alpairo, fundador del Opulencia Fútbol Club, que acoge la *final four* de todos los cursos de la Escuela de Superjusticieros de las Islas Más que Malditas.

Desde allí contemplan el aguacero que cae sobre el campo de fútbol.

El directivo, que los ha acompañado desde la sala donde se ha celebrado la rueda de prensa hasta la sala en la que está la copa, se despide de ellos. Llega otro hombre, alto y con cara de caballo, vestido de etiqueta.

—Os presento a la señora Tatiana Brigoepiel, la presidenta.

Tras él aparece una mujer pintada como un loro.

—Hola, guapos, ¿cómo estáis? Tenía ganas de hablar con vosotros, todo el mundo conoce vuestra magnífica trayectoria. Sabemos que sois muy buenos dentro y fuera del campo, que resolvéis desde goles fantasma hasta enigmas fantasmales.

—¿De verdad somos tan conocidos?

—Desde luego; dicen que sois los mejores. Tú debes de ser Kevin, ¿no?

—No, me llamo Vale. Aquí no hay ningún Kevin.

—Mmm... ¿No sois los Gallitos Salvajes?

—No, esos eran los niños de ayer, madame Brigoepiel —aclara el caracaballo.

—¡Vaya, qué confusión! Es que tengo tanto trabajo... Entonces, ¿vosotros quiénes sois?

—Los Reyes del Silbato —responde Temis, visiblemente molesta.

—Aaah, los Reyes del Mambo. También muy guapos, y eficientes, sí, y valientes...

A eso se le llama mear fuera de tiesto. Tendrían que largarse ahora mismo.

Aunque las bandejas de canapés, minibocadillos y bebidas que ahora traen unos camareros molan bastante. En esas condiciones, pueden hacer el esfuerzo de sentarse y perdonar las ofensas.

—Chicos, comed con moderación, y el agua que toméis que no esté muy fría —ordena Vicky—. Nada de bebidas azucaradas, ¿entendido?

Perrota, a la que ellos llaman así por ser la novia de Peter Perrowsky, alias Perrote de la Pradera, es una pasada como entrenadora: seria, cabal, disciplinada y bla bla bla. Pero también se le nota que no sabe disfrutar de la vida.

¿Cómo puede pedirles que renuncien a zamparse y beberse todo lo que quieran? ¡Hay que aprovechar la ocasión!

—Como he hecho con los otros equipos, os deseo mucha suerte para ganar la Liga —les dice Brigoepiel.

Pues vaya deseo más inútil... ¿Qué gracia tiene esto, si todos los equipos van a quedar empatados en suerte deseada? Menuda tontería. La señora es una máquina de decir chorradas.

—¿Os ha gustado la copa?

Todos contestan «mucho, mucho», menos Vale, que asiente con la cabeza.

—No es un trofeo cualquiera, lo ha creado el famoso artista Eloy Yourmoney —explica la presidenta—. La copa es una obra de arte de diseño exclusivo, hasta tiene piedras preciosas incrustadas. ¿Las habéis visto?

Todos contestan «sí, sí», menos Vale, que traga saliva. ¿¡Se refiere a los cristalitos de colores que se han despegado de la copa!?

—Querida, ¿de qué piedras preciosas se trata? —pregunta Otto—. La gemología me interesa mucho.

—Esmeraldas, zafiros, diamantes y rubíes.

Todo eso a Vale le suena como raro y propio de historias de detectives. Él maneja otro tipo de nombres que molan más, como Mokka, Kadjar, Golf i Fiesta.

—El trofeo es valiosísimo —sigue Brigoepiel—. Cada piedra vale una fortuna.

Vale se palpa desde fuera el contenido de uno de sus bolsillos. Justo ahora se da cuenta de que, con las prisas, se ha olvidado de pegar los cristalitos

de colores a la copa. Y mira que con el celo hubiera sido fácil: solo tenía que hacer cruces con dos tiras sobre cada piedra. ¡Nadie lo hubiese notado!

—Vale, estás pálido. ¿Te encuentras bien?

—No mucho, Vicky. El paté me ha sentado mal.

—La copa tiene tres piedras de cada clase —sigue la presidenta—. Es una auténtica maravilla.

Tres por cuatro, doce. Vale se mete la mano en el bolsillo y empieza a contar piedrecillas.

—Una, dos, tres —dice en voz baja—, ay, vaya cagada, cuatro, cinco, seis, ¿ya he contado esta?, vuelta a empezar, una, dos...

—¿Estás rezando el rosario, Vale? —le pregunta Otto.

—¿El rosario? ¿Y eso qué es?

Aunque rezar sí que reza, sí.

—De hecho, tenéis que saber —dice Tatiana Brigoepiel mientras se levanta para irse— que si ganaseis la copa, después de levantarla os daríamos una copia. Y es que la original será trasladada a la Tati Gallery, que es uno de los mejores museos del mundo porque es mío.

Pues van a flipar en colores: torcida, recompuesta con clips y celo, sin piedras... ¡Vaya churro!

La presidenta y el caracaballo se despiden. Los Reyes

se quedan solos y Vale, mareado, se tumba en un sofá. Los demás le abanican con unas servilletas de papel.

—Será por la presión del partido de mañana —dice Perrota—. Aunque tú eres muy atrevido. La verdad es que me has dejado de PIEDRA.

—Aaaah...

—Tranquilo, Vale, lo conseguiremos —lo anima David—. Esta vez no tenemos ninguna misión que nos distraiga. ¡No te preocupes tanto o te van a salir PIEDRAS en el riñón!

—Ay, ay, la cabeza me da vueltas.

—Si todo va bien, *darling* —exclama Carol—, vamos a pasar a nuestros rivales por la *STONE*.

—Uf, qué ansia...

—¿Pero en qué sentido, querido amigo? ¿De angustia del alma o de náusea que precede al vómito? Porque son cosas distintas, ¿eh?

1

FUTBOLISTAS, NO: ¡SOMOS ÁRBITROS!

Los Reyes del Silbato vuelven al hotel en el que se alojan. En el vestíbulo los espera un grupo de gente muy especial: sus familiares han venido a animarlos en la semifinal, y, si pasan, también en la gran final.

Los padres de Temis la abrazan con ternura. Y los de David lo cosen a preguntas: «¿Estás nervioso?», «¿Quieres Passiflorine?», «¿Cuándo jugáis?», y le hacen escuchar mensajes de voz de amigos que le mandan ánimos.

Un montón de abuelos de diferentes edades rodean a Otto.

—¡Tienes que llevar un pañuelo al cuello, vas muy desabrigado!

—¿Pero tú ya cantas y bailas, cariño? Tienes que hacerlo para ser feliz.

—Cuando tengas vacaciones, voy a llevarte a una excavación que te va a quitar el hipo. Hemos hecho unos descubrimientos únicos —asegura una señora, que debe de ser su abuela arqueóloga.

—¿Dónde están mis padres? —pregunta Otto.

—No han podido venir, guapo. Hoy tienen un concierto en Turín y pasado mañana otro en Salzburgo.

—Es el precio de la fama.

La madre de las gemelas lleva un vestido que parece de boda, y no para de reír y de saltar con Carol. En cambio, Ela y su padre lloran y lloran: se nota que son expertos en fabricar lágrimas.

—¡Qué emoción! ¡Cuánto te he echado de menos!

—Y yo a ti, papi. Creí que iba a morirme sin vosotros.

Y siguen los llantos. Es un drama brutal.

—¡Hola!

Vale se vuelve y reconoce a su padre, Bruno. Siente una alegría amarga. Quería verlo, pero si no hubiera venido tampoco habría pasado nada. A su lado hay una mujer que levanta la cabeza y lo mira.

Debe de ser su última novia. Cuando Vale llegó a la Isla de los Superhéroes, su padre tenía otra: Cristina, que era muy simpática. Hacía meses que estaban juntos y era la mejor de todas las que le había conocido… pero eso ahora ya da igual.

—Valentino, te presento a Raquel, mi pareja —dice el padre, tras darle un frío abrazo.

—¡Hey! ¿Qué pasa, tío? ¡Chócala! —dice ella mientras le pone la palma de la mano a tres centímetros de las narices.

Vale decide quedar bien y le da una palmada, pero no le gusta que ella vaya de enrollada. Le resulta falsa, como si estuviera fingiendo. Y no es la primera, ya ha conocido al menos a otra así. Cristina era natural y lo trataba sin tanto teatro.

—¡Va, que a partir de ahora seremos buenos amigos! —añade Raquel.

¿A partir de ahora? Esta sí que es como para partirse de risa… ¿A cuánto tiempo se refiere? ¿De verdad no sabe que van a durar cuatro días? ¿En qué mundo vive esta tía?

CENA DE PIZZERÍA

—Vino para los mayores y un botellín de agua para el pequeño —le pide Raquel al camarero.

Vale es el «pequeño» y, al oírlo, se le revuelve el estómago. Es como si él dijera «y vino para la vieja, a ver si se calla de una vez».

—Valentino, quítate el sombrero de copa, que estamos en la mesa.

Huy, sí, qué correcto es ahora, él que siempre tiene el fregadero de la cocina a rebosar de platos por lavar, la nevera llena de comida caducada o directamente vacía, el sofá plagado de manchas y migas, el despacho desordenado y el lavabo sin papel higiénico.

—Cuéntanos cosas. ¿Cómo es la Escuela? ¿Te ha ido bien el curso? ¿Qué has estudiado?

¿Qué se supone que debería contestarle? ¿«Vete a hacer puñetas»? No lo ha llamado nunca, ni una sola vez, durante el curso escolar. Y ahora resulta que le interesa saber cómo le ha ido. Vale sabe que es pura simulación, solo porque su novia está con ellos. Antes también era así.

Le viene a la cabeza un día en que llegó a casa y se la encontró limpia y ordenada (¡milagro!). Bruno estaba sentado en el sofá, charlaba y reía con una mujer. Después supo que se llamaba Laura. «¿Y cómo te ha ido el cole, hijo? ¿Los exámenes bien?» ¿Cuántos meses hacía que no se lo preguntaba? Actuaba así para que ella creyera que era un padrazo, claro.

CAPÍTULO 1

—Bueno, ha sido un curso... interesante. Pasamos un montón de horas en las aulas, pero también practicamos mucho en el estadio que hay al lado de la Escuela.

—¡Caramba, qué emoción eso de aprender a ser futbolista!

No capta nada, la tía. Qué paciencia...

—Futbolista, no, yo quiero ser árbitro. ¡Que es muy diferente!

Raquel pone una cara como si acabara de tragarse un sapo, y Vale lamenta haberle hablado así. Se ha pasado un poco, de manera que intenta suavizarlo con una explicación de esas que les molan a los mayores.

—Nos esforzamos mucho por aprender el reglamento y toda clase de técnicas. Después tratamos de aplicarlo bien en el campo, y hasta intentamos dar espectáculo.

Bruno dice «ah, muy bien», y Raquel ahora sonríe. El camarero les deja sobre la mesa una pizza mediterránea y dos platos de pasta. Vale aún se siente un poco empachado por los canapés y los minibocadillos de antes, pero va a hacer un esfuerzo para comerse la pizzita.

—Estoy muy a gusto en la Escuela. Los árbitros somos el centro de atención. Tenemos una liga y una copa, y hacemos muchas pruebas. El público no se fija en los goles y las jugadas de los futbolistas, sino en cómo arbitramos nosotros, y cuando jugamos en casa nos animan.

—Pues es bastante peculiar, ¿no?

—Tienes razón, Raquel. Ese método educativo se aleja mucho de lo que pasa en los estadios... La gente no hace caso de los árbitros o los trata mal.

—Sí, es cierto. Es para que veamos que somos importantes y no lo olvidemos nunca. Pero parece que en la Champions esto va a ser distinto. Eso nos han dicho.

Bruno no para de asentir mientras mastica. Raquel cierra los ojos casi del todo mientras se limpia los labios; debe de estar intentando descifrar qué es lo que acaba de decir Vale.

—También nos preparan para lo que nos espera, ¿eh? En algunos partidos jugamos fuera de casa y nos abuchean, y aprendemos a identificar y a resistir los insultos. Tenemos varias asignaturas que tratan de eso, como «Medio natural arbitral: vaya rollo de vida» y «Cómo van a pasar de ti. Teoría y práctica».

Vale va tragando y hablando. Frente a él, Bruno y la tal Raquel callan y escuchan. Ya les traen los postres: trufas de chocolate.

—Pero yo tengo la esperanza de que un día todo cambiará y se valorará el trabajo de los árbitros. ¡Los aclamarán!

Bruno y Raquel fruncen el ceño: están flipando.

—Tengo un equipo que se llama Los Reyes del Silbato. Temis, David, Otto, Ela y Carol son mis amigos y, a veces, también tenemos que impartir justicia fuera del campo. Cuando nos encargan misiones nos convertimos en los Enmascarados de la Justicia.

—¿Misiones?

—Sí, papá. Resolvemos misterios y luchamos contra aficionados exaltados, saboteadores, *hackers*...

Vale se da cuenta de dos cosas: primero, que quizás sí que ha echado un poco de menos a su padre. Sin querer, se ha puesto a hablar y no ha parado hasta ahora. Para ser exactos, no recuerda cuándo fue la última vez que Bruno estuvo tanto rato escuchándolo.

Y segundo, que precisamente como superjusticiero tiene un «enemigo» delante.

Ahora recuerda una tarde de hace más de un año. Al volver del cole, cuando llegó a casa, oyó un ruido en el despacho. Abrió una puerta y vio a tres hombres y a su padre sentados a una mesa... llena de fajos de billetes. Unas pilas muy altas.

—¿¡Es que no sabes que tienes que llamar a la puerta antes de abrir!? —lo riñó Bruno—. Tranquilos, no dirá nada —comentó a los otros—. ¿Verdad que no, hijo?

Vale negó con la cabeza, se fue corriendo a su habitación y se quedó encerrado unas cuantas horas. Temblando. Ni siquiera después de oír que por fin esos hombres se largaban se atrevió a poner los pies en la cocina para hacerse la cena.

—¿Por qué te quedas callado? —le dice Bruno—. «Luchamos contra aficionados exaltados, saboteadores, *hackers…*» ¿O LADRONES? —pregunta para completar la frase que Valentino ha dejado inacabada.

—Sí, o falsificadores o contrabandistas. Lo que sea.

—En la vida, uno no siempre hace lo que quiere, sino lo que puede. Lo sabes, ¿verdad?

Los dos se miran a los ojos. Raquel también los mira, primero a uno y después al otro, como si fuese un partido de tenis; parece que no sabe de qué va la cosa, no está al corriente de cómo se las gasta Bruno.

—No hay nada que no se pueda cambiar, papá.

—Ya, claro.

—¡Uau! ¿De verdad que sois una especie de superhéroes? ¡Chócala!

Una vez más, Raquel pone una mano abierta a la altura de la cara de Vale, que le da una palmada. No parece mala persona, pero va demasiado de enrollada. Más que dar ganas de hacerte amigo de ella, te impulsa a salir corriendo.

Claro que, si conociera bien a Bruno, sus negocios turbios y la mala gente con la que trata, la que saldría disparada sería ella.

2

LA PRIMERA SEMIFINAL EN JUEGO

A la mañana siguiente, los Reyes del Silbato están en el túnel de vestuarios, la primera semifinal está a punto de comenzar. Uno por uno dan la mano a los Sin Perdón y, después, a los futbolistas que van a jugar.

Vale se ha pasado casi toda la noche despierto, comiéndose la olla con la cagadita de ayer.

Unas cinco horas llamándose a sí mismo burro y atontado; un rato de pesadilla paranoica en el que McGyver, después de examinar la copa desde todos los ángulos, le dijo: «¿¡Eres tú el que ha hecho este churro!?», y dos horas más pensando en cómo arreglarlo... pero no se le ha ocurrido nada. DE MOMENTO.

Los demás aún no lo saben. Vale esperaba encontrar la forma de arreglarlo solo, sin tocarles la moral, pero no podrá ser. Cuando se enteren se va a montar un pollo descomunal.

CAPÍTULO 2

Los futbolistas salen al campo y, desde el túnel, no se oye ningún grito, silbido o aplauso. A ver si al final no habrá ido nadie al estadio… pero, en cuanto los Reyes del Silbato y los Sin Perdón pisan la hierba, alucinan en colores.

Las gradas están a reventar: ¡miles de personas los animan! La mitad de los aficionados forman un mosaico que dice SIN PERDÓN, y la otra mitad muestra uno con el símbolo de los Reyes: el balón atravesado por el rayo.

Cuando llegan al centro del campo, el *speaker* del estadio recita las alineaciones de los equipos arbitrales, y el videomarcador va mostrando una imagen grabada de cada uno: Timisita, muy guapa; Vale, con el sombrero de copa... Mola.

Después anuncia que se ha hecho un sorteo y que los Reyes del Silbato van a arbitrar la primera parte.

Los dos equipos vuelven a las bandas. Los Sin Perdón se sientan en el banquillo, y los Reyes se apiñan alrededor de Vicky. Tienen tres minutos para recibir las últimas instrucciones.

CAPÍTULO 2

—Aplicad lo que habéis aprendido —dice Perrota—. Ahora ya os conocéis: evitad los puntos débiles y explotad al máximo los fuertes.

Y bla bla bla.

—Tengo un mensaje de Peter: dice que sois los mejores y que ganaréis si vais a por todas.

Y que si patatín y que si patatán.

—Temis, árbitra; Ela y Carol, linieres. Hacia el minuto diez haremos una rotación de posiciones y, hacia el veinte, los primeros cambios.

Los Reyes unen sus manos formando un solo puño y pronuncian su grito de guerra: «¡SUPERJUSTICIA!». Después se sientan en el banquillo.

—¿Cómo puede ser que las gradas estén llenas hasta los topes? —le pregunta Vale a Vicky—. No sabía que hubiera tanta afición por el arbitraje.

—En realidad no hay mucha. Lo que pasa es que han venido todos los trabajadores, los equipos arbitrales y los familiares de las escuelas de superjusticieros del mundo, siempre nos apoyan. Cuando toque la *final four* americana iremos nosotros.

—¿¡Y somos tantos!?

—No, también hemos regalado veinte mil entradas a

colegios, centros culturales, residencias de jubilados y clubes deportivos, con la condición de que vengan a animar. Ya sabes que fuera de la Escuela…

—… la gente solo tiene ojos para los futbolistas y los goles.

—Exacto. Y a veces te sientes solo porque nadie reconoce tu trabajo.

—Pues vaya palo. Yo tengo un sueño: un día los árbitros también serán estrellas, y a los aficionados les van a doler las manos de tanto aplaudirlos.

—Ya, pero mientras llega ese día, mejor ser realistas: si quieres ser árbitro, aprende a renunciar a ti mismo. No busques ninguna medalla, arbitra solo si lo desea tu corazón.

DE VAR EN VAR

En los partidos de la *final four*, un equipo arbitra la primera parte (en este caso, los Reyes) y sus miembros tienen que ir alternándose en los papeles de árbitro principal y linieres; el otro equipo arbitra en la segunda parte.

Además, un jurado se encarga de apuntar en dos columnas los aciertos y los fallos de cada uno. Al final gana quien tiene más aciertos.

Vale se da un beso en la palma de una mano y se lo sopla a Temis, que se da la vuelta en ese preciso instante. ¡Caramba! ¿No lo ha visto? Clava las rodillas en la hierba, hace reverencias y grita a pleno pulmón:

—Teeee-miiiis, Teeee-miiiis, Teeee-miiiiis…

Eso sí que es animar al personal, y no se calla hasta que ella lo saluda, roja como un tomate. Misión cumplida. Debe de estar orgullosa de tener un fan tan incondicional.

Temis pita el inicio del partido y enseguida señala una

falta, pero no saca tarjeta; el juego continúa y el jurado apunta un palito en la columna de aciertos. Perfecto. Hay una carga entre un defensa y un delantero y la capitana de los Reyes deja que el juego siga. ¡Otro palito! Temis sabe mucho.

Ay, la copa… Vale no puede quitársela de la cabeza. No quiere mortificarse, pero uno no destroza cada día el trofeo del campeonato más importante de la Escuela. Que, además, resulta que es una obra de arte que vale un dineral. ¿Cómo podrían arreglarlo? No se le ocurre nada. DE MOMENTO.

CAPÍTULO 2

¿Y si le cuenta a la organización lo que ha pasado? No, quedarían descalificados, los echarían del cole para siempre y tendrían que pagar el destrozo. Eliminados, expulsados y arruinados. Opción descartada.

¡Penalti! Carol, que ahora hace de árbitra, lo ha pitado por unas manos dentro del área, pero las imágenes del VAR, el videoarbitraje, demuestran que el balón ha tocado el pecho del defensor.

La decisión inicial de Carol, que es lo que valora el jurado, fue equivocada. Por tanto, anotan dos palitos en la columna de fallos. No uno, no, sino dos; porque consideran que ha sido un error grave.

Entonces, ¿cuántos palitos le pondrían a Vale si supieran que la Copa del Silbato de Oro ahora mismo es como un lego? Aunque, claro, los legos también cuestan mucho dinero. Quizás esto de que el trofeo se haya vuelto «desmontable» lo hace más valioso...

De hecho, la copa tiene un punto rollo Transformer que mola bastante. Depende de dónde pongas las tiras de celo y los alambres, puede ser un robot, un coche o una mierdecilla.

Vale vuelve a mirar el *match*. Ahora arbitra Ela, y un jugador del equipo azul envía el balón al fondo de la red.

Pero ella no concede el gol; dice que el delantero ha hecho falta a un defensa antes de chutar. Los futbolistas azules la rodean, enfurecidos.

—¡Eh! ¡Era faltaaa, eeeeh! —brama Vale, que se levanta del banquillo de un salto.

—¡Tranquilo! ¡Me has asustado! —le recrimina David.

—Querido, la razón se gana con la palabra pausada, no con el grito.

—Tienes que controlarte, Vale —le recuerda Perrota.

El VAR le da la razón a Ela, ¡y el jurado marca dos palitos en su columna de aciertos!

En el minuto veintitrés se produce un triple cambio. Salen del campo Otto, que hace tres pasos de baile con Carol; Vale, que abre los brazos para darle un achuchón a Temis y ve como ella pasa de largo, y David, que coge las manos de Ela y le dice algo al oído.

—Ñe-ñe-ñeeee —grita Temis mientras acaba de salir del campo.

CAPÍTULO 2

Así son las cosas: Temis pasa de Vale y David pasa de ella. ¿Es que Temis no se da cuenta? ¿¡Necesita un plano para captar que Dave está colgado de Ela!?

Además, ¿qué tiene David que no tenga Vale (aparte de músculos, imaginación, ideas brillantes, coordinación, agilidad y belleza)? Nada.

¿Y la valentía, la energía y los trucos del gran mago del equipo? ¿Y ese mostrar los calzoncillos sin una pizca de vergüenza en las misiones? ¿Por qué Temis nunca ha valorado esos detalles tan épicos?

Vale hace de linier y, después de tres aciertos, se equivoca en un fuera de banda: lo ha concedido a favor del equipo blanco, y era para los jugadores azules. Palito de error para los Reyes... Y cuando hace de árbitro sucede lo peor: un gol fantasma.

Los blancos reclaman que el balón ha rebasado en su totalidad la línea de portería, y los futbolistas azules dicen que no. A pesar de las protestas, Vale cree que no es gol y no lo concede. Después cuenta hasta treinta para no perder los nervios...

Hasta no hace mucho era incapaz de controlarse, y discutía a gritos con todo el mundo. Pero en la última jornada de Liga, Temis le dijo que convirtiera su rabia en magia, y le salió bien. Por eso ahora saca del bolsillo una baraja de cartas de árbitros y les distrae con un truco.

El jurado consulta el VAR y le da la razón a Vale: no era gol. Es un gran acierto que da dos palitos a su equipo. En el descanso, los Reyes del Silbato tienen 97 aciertos y 20 fallos, que equivalen a 77 puntos positivos.

En la segunda parte, los Reyes están todos en el banquillo, pendientes del arbitraje de los Sin Perdón. Cada jugada comporta decisiones, y cada una es un acierto o un fallo. ¡Y las jugadas decisivas valen dos palitos!

Pasan los minutos y los Sin Perdón van haciendo cambios. Hay faltas en el centro del campo y tarjetas amarillas, caídas polémicas dentro del área, un rechace que

parece una cesión al portero... El trabajo de árbitro no es fácil ni agradecido, ser futbolista lo es mucho más.

Ay, la «Copa de Pisa»... Vale se imagina la escena de un niño campeón que la levanta, torcida y temblequeante; los rayos se le caen en la cabeza, el balón rueda escaleras abajo, el tronco y la base se han separado y están perdidos por la gradería. Y la mirada de fuego de los organizadores, y una pregunta que corta el aire como un cuchillo: «¿¡Quién fue el último que estuvo en contacto con el trofeo!?».

Claro que, en el estado en que se encuentra, es difícil que salga entero de la sala donde lo guardan. Seguramente se lo preguntarán cuando se desmonte allí mismo y, muy pronto, sabrán la respuesta: «Fue Valentino, de los Reyes del Silbato».

Le dan escalofríos, pero alza la mirada porque oye mucho lío: la árbitra de los Sin Perdón ha pitado un fuera de juego cuando un futbolista se ha quedado solo frente al portero. Venga, otra vez al VAR. En el minuto... 84. ¿Ya? ¡Ha pasado muy rápido!

¿Cómo van? Los Sin Perdón llevan 93 aciertos y 22 fallos. Los Reyes del Silbato tienen el corazón en un puño durante los últimos minutos del partido, pero a Vale vuelve a írsele la cabeza.

¿Y si, aunque le cueste mucho decirlo, confiesa lo sucedido al grupo, ven unos cuantos episodios de *McGyver*, vuelven a la sala donde está guardada la copa y la arreglan mejor? Al menos que no se rompa enseguida y aguante media hora... Sí, es la única opción, la buena. ¡YA LO TIENE!

Justo en el minuto 90 acaba el partido. El jurado da el resultado y los Sin Perdón tienen un acierto más que los Reyes, pero también han cometido más errores. ¡Los Reyes pasan a la final! Los seis saltan de alegría y se abrazan, pero Vale se separa y los observa en silencio.

—Esa mirada da miedo, querido. ¿Qué pasa?

—Tengo que contaros una cosa un poco chunga. Pero no os agobiéis, que si nos ponemos lo arreglaremos todo sin despeinarnos, ¿eh?

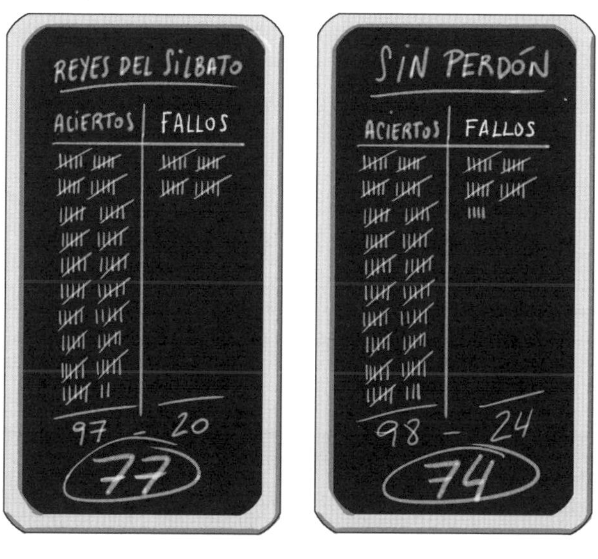

CAPÍTULO 2

ESCUELA DE SUPERJUSTICIEROS DEL FÚTBOL
DE LAS ISLAS MÁS QUE MALDITAS (EUROPA)
LIGA. *FINAL FOUR* 1ER. CURSO

SEMIFINAL 1		SEMIFINAL 2	
Reyes del Silbato	Sin Perdón	Superstars	Gallitos Salvajes
77	**74**		

PARTIDO POR EL TERCER PUESTO

PERDEDOR SEMIFINAL 1	PERDEDOR SEMIFINAL 2
Sin Perdón	

GRAN FINAL

GANADOR SEMIFINAL 1	GANADOR SEMIFINAL 2
Reyes del Silbato	

3

UN BOLI SE PARECE A UN LÁPIZ

La ciudad duerme, es de noche. Los Enmascarados de la Justicia salen del hotel. Temis va delante, con el antifaz y el sombrero de cotillón. La siguen David, con un traje ajustado, y Ela, con un hábito de monje de la Edad Media, un arco y un carcaj lleno de flechas.

Todos ellos están de morros con Vale, porque dicen que lo que ha hecho es muy gordo. Pero, en fin, no es para tanto...

Detrás, Carol y Otto van charlando. Ella lleva un traje de cuero, una espada con una hoja que es un campo de fuerza eléctrico lleno de colorete para las mejillas en suspensión, capaz de embadurnar al enemigo de maquillaje, y un escudo-espejo. Él lleva un disfraz de pirata, bombero y policía a la vez, y dos panderetas para interpretar melodías infernales.

Ellos dos aún le dirigen la palabra a Vale: son más positivos y entienden que todo el mundo puede meter la pata.

El recepcionista los mira boquiabierto, con la mandíbula a punto de chocar contra la mesa... sobre todo al fijarse en Vale y su bata-delantal. Tiene suerte de no verle los calzoncillos: si así fuera, se caería de espaldas y ya nunca recuperaría las constantes vitales.

Salen a la calle; están lejos del estadio.

—¡Taxi, taxiiiii! ¿Por qué pasan todos de largo? —se pregunta David.

—*By the hells all night long!* ¿Es que no ven que somos *superheroes*?

—Más bien pensarán que somos unos colgados.

A Temis, los trajes de superjusticieros nunca le han hecho demasiada gracia, le parecen ridículos. Vale cree que, a pesar de ser la más lista y guapa del grupo, le da demasiadas vueltas a todo. Al fin y al cabo, los trajes funcionan: sus enemigos siempre reaccionan...

O se quedan impresionados y se mueren de miedo (posibilidad 1) o se quedan alucinados y se mean de risa (posibilidad 2). Pero en los dos casos pierden sus fuerzas y es más fácil acorralarlos y reducirlos.

—Vivir así no es vivir.

Ela, quejica por naturaleza, a menudo hace comentarios que cortan el rollo. Y los dice con una pena contagiosa, como de cementerio abandonado, que produce dolor de barriga.

—Queridos, cojamos un vehículo nocturno de transporte urbano comunitario.

Traducido del idioma Otto al normal, se trata de un autobús. Él es así: se enrolla como una persiana y a veces habla como si viviera en el siglo XIX, o en el XV, según el día y la frase. ¡Vaya plomo!

Vale piensa que ha tenido mucha paciencia con ellos durante el curso. Salvo Temis y David, todos los demás son más raritos que unos calzoncillos blancos sin dibujos.

—Niños, ¿adónde vais así y a estas horas? ¡Que yo sepa, aún falta mucho para Halloween! —les espeta el conductor del bus.

—Tenemos una misión de alto riesgo, señor —dice Ela.

—En pro de la humanidad, querido.

—*Human race* —aclara Carol, que ya se está poniendo pesada con su inglés de *half a hair*.

—¿Este autobús para en el Estadio Modesto Sobrado?

El conductor mira a Vale de arriba abajo y contiene la risa. Después contesta «sí» y, mientras los Enmascarados van entrando, grita:

CAPÍTULO 3

—¡No hagáis gamberradas ahí atrás!, ¿eh? ¡O llamo a la policía!

BRICOLAJE DE PRECISIÓN

Cuando bajan del autobús miran el estadio, una mole imponente y oscura junto a una gran explanada destinada a aparcamientos, ahora vacíos. El plan se divide en tres partes:

1. Saltar la verja, correr hasta la puerta 45, subir escaleras, ir por el pasillo que conduce al museo del club, llegar a los palcos interiores, entrar en la sala de la copa.

2. Restaurar la copa con bricolaje de precisión, dejarla igual o mejor que antes.

3. Volver al hotel y celebrar el éxito de la misión con una buena fiestuqui.

Pim-pam-pum. Los seis se aferran a la verja y la escalan rápidamente, por algo son superfuertes y megavalientes; pero al empezar a bajarla sufren un primer imprevisto.

—¡Heeey, se me ha quedado enganchada la bata!

Y se les presenta un segundo imprevisto.

—Cállate, Vale, que viene alguien —le exige Temis.

Son dos vigilantes que hacen su ronda (y una buena tertulia) a paso de lo más relajado.

—Qué redondos son estos dos —dice Vale—. Parecen bolas de *bowling*...

—*Bowlings in the night* —completa Carol, satisfecha.

—Bajemos, que nos van a descubrir —ordena David.

¡RAAAAAAS!

Al descender la verja, la bata de Vale se ha desgarrado y se ha quedado izada sobre la reja metálica, como una bandera pirata.

Una mujer los ve desde la calle, se persigna

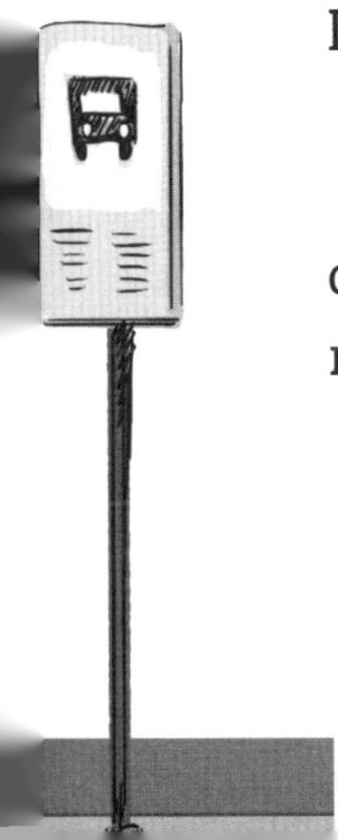

como un cura y echa a correr. Los seis se esconden tras unos contenedores y esperan a que los vigilantes pasen de largo. Después respiran tranquilos, pero Vale nota que sus amigos vuelven a ponerse nerviosos enseguida cuando ven sus calzoncillos.

—No me miréis así. Tienen bombillas de colores porque son luminosos y musicales. ¿Los enciendo?

—No, querido. —Otto saca ropa de su mochila—. Siempre llevo prendas de recambio. Ten, un conjunto escocés, póntelo. A veces lo uso para tocar la gaita.

El tercer imprevisto de la noche es tener que llevar una falda escocesa… aunque es cómoda, aireada, y además va bien para mostrar los calzoncillos en caso de emergencia.

Los vigilantes *bowlings* han desaparecido del mapa y los Enmascarados llegan a la puerta 45, recorren las entrañas del estadio y se plantan ante la sala donde los organizadores guardan la copa.

—Queridos, ahora mismo me siento como un caballero artúrico en busca del Santo Grial.

Otto es un sabihondo y, a veces, dice unas burradas que dejan a los otros flasheados. ¿Cómo es que le ha dado ahora por sacar el tema del TRIAL?

—Tío, ¿de qué hablas? ¿De motos?

—De Chrétien.

—¿¡Me has llamado cretino!?

—Dios me libre, querido Vale. ¿No os suena Chrétien de Troyes y la materia de Bretaña? ¿No? ¿Y Parsifal, Arturo y la Tabla Redonda?

Error: Vale recuerda ahora (demasiado tarde) que pedirle aclaraciones a Otto conlleva más confusión.

—Ah, ya... Es una serie de dibujos animados sobre perritos falderos, ¿verdad?

—¡Nooo, Ela! —le riñe Carol—. Parsifal salía en *Star Wars*. Era el *best friend* del maestro Yoda, o de Chewbacca, ahora no me acuerdo.

—A mí, de todo lo que has dicho, lo único que me suena es lo de la tabla redonda: en casa tenemos una mesa así en el comedor —añade Temis.

Suerte de David, que es un tío que lee, y les aclara ese rollo del Salto de Trial.

CAPÍTULO 3

—Es una leyenda medieval de caballeros.

—¡Ahora sí! —responde Otto, embalándose—. El Santo Grial es una copa sagrada que dicen que contuvo la sangre de Jesucristo y fue muy buscada en tiempos de...

Vale desconecta y, por sus caras, se da cuenta de que los demás también. Carol debe de estar pensando en la siguiente cremita que va a untarse en la piel; David y Temis, en los pasos que han de seguir a partir de ahora; Ela, en el próximo paquete de clínex que va a abrir para sonarse.

—Otto, ya es suficiente —lo interrumpe David—. Vale, ¿recuerdas el código para abrir la puerta?

—Claro que sí, Dave.

Tres intentos y nada.

—Mmm, pues hay algún número que no acabo de tener claro...

Los Enmascarados se buscan con los ojos, pero, entre los antifaces mal puestos y los nervios, seguro que no se encuentran demasiado. Vale sigue pulsando números, y al sexto intento... ¡bingo! La puerta hace un *clac* y se abre.

Los seis observan la copa.

—¿Qué, os gusta mi reparación? Bob el constructor es un aficionado en comparación conmigo, ¿eh?

UN BOLI SE PARECE A UN LÁPIZ

Temis se tapa los ojos con las manos, Otto y David resoplan, Ela dice «apaga y vámonos», y Carol se esfuerza por dibujar una sonrisa, pero es tan forzada que casi chirría.

—Esto es peor de lo que creía —valora Dave.

—Una desgracia sin paliativos, una catástrofe, una tragedia griega —añade Otto.

—Sois unos exagerados. David, saca los escarpines de tu mochila y ponéoslos por encima de las zapatillas. A mí pásame una mascarilla, que voy a empezar una auténtica operación quirúrgica.

—¿Estás sonado?

—No, estoy emocionado. Tú ve pasándome lo que yo te vaya pidiendo... Mmm, gafas con cristales de lupa.

Vale se las pone y examina el trofeo. Efectivamente, la chapuza es considerable.

—Mmm, guantes, pinzas y bisturí, ay, quiero decir alicates...

Vale usa las pinzas para extraer las tiras de celo, y los alicates para retirar los clips con delicadeza. ¡CLONC! La copa se cae al suelo, a trozos. Los demás gritan, alarmados.

—No os pongáis histéricos, tíos, que está todo controlado. Recoged los trozos, que vamos a pegarlo todo. David, pásame el tubo de cola de impacto.

CAPÍTULO 3

Vale fue en secreto a una ferretería y pidió un pegamento más potente que el celo. El vendedor le dio uno y le dijo que pegaba muy fuerte las piezas cuando las pones en contacto, algo brutal, y que tuviera cuidado, que no lo tocara con los dedos.

—Un poquito de cola en el balón, otro poquito en los rayos... Algo por aquí y algo por allá... Esperamos unos segundos a que se seque, unimos las piezas y *¡alehop!*

Los guantes se le han quedado pegados a la copa. Tira de ellos, se le rompen por los dedos y la tela queda enganchada al trofeo. Además, se da cuenta de que ahora el balón toca el tronco y antes no, de que los rayos están mal puestos, de que el silbato de oro queda tapado por un fragmento de guante.

—Mmm, sigamos. Ahora las piedras...

Pero entonces le pasa por la cabeza una imagen terrorífica: se ve a sí mismo ayer. Subió a la habitación, se cambió de ropa para ir a cenar con Raquel y Bruno y dejó tirados sobre la cama los pantalones, con las piedras en un bolsillo... ¡Se las ha olvidado!

—¿¡Qué pasa!? —pregunta Temis.

—Las piedras están en el hotel. Lo siento...

Y aún queda otra cuestión espinosa (se le acaba de ocurrir): ¡hoy Fabricio, el hombre que arregla las habitaciones, debe de haber hecho la cama! Ay, ay.

La cabeza de Vale se llena de maldiciones, mientras los demás le dicen que ya le vale. Ahora solo pueden hacer una cosa: cogerlo todo y llevarse la copa para arreglarla con calma.

—Querido, ¿¡nos estás pidiendo que ROBEMOS LA COPA!?

Vale baja la cabeza. Sí, es eso. Él, que se avergüenza de las actividades de su padre, ahora tiene que hacer lo mismo. Debe de ser cierto el dicho de que «de tal palo, tal astilla».

Que sería lo mismo que decir que un boli se parece a un lápiz, o que los cerditos hijos se parecen a sus padres cerditos, o que unos calzoncillos son iguales que la forma de ser de quien los lleva. Resultan indicativos, sin duda.

Su cerebro le pasa el audio de una frase que dijo ayer su padre: «En la vida, uno no siempre hace lo que quiere, sino lo que puede».

—Sí, la vamos a robar, Otto. ¿Es que no sabes que no todos los ladrones son malos?

¿Y Bruno cómo es? ¿Por qué hace lo que hace? En el fondo, Vale lo sabe, siempre lo ha sabido, pero no quería afrontarlo. Por eso se apuntó a la Escuela de Superjusticieros, para aprender a ser árbitro y largarse de su casa rota, fría, triste y caótica.

Huir es siempre más fácil.

4

UNA ALCACHOFERA FUTBOLERA

Los Enmascarados llegan al hotel y Vale se acerca al recepcionista, que da unos pasos atrás.

—¿¡Dónde está Fabricio!?

Antes, en la sala del trofeo, tuvieron que arrastrarse por el suelo para recoger algunos clips y arrancar gotas de cola adheridas a la moqueta; metieron a presión las herramientas y la copa en una mochila, la cosieron por debajo cuando se desgarró y trasladaron una parte del botín a la mochila de Otto.

Después salieron del estadio y treparon por la reja metálica, pero al llegar arriba oyeron voces: los *bowlings in the night* volvían a rondar por allí. Los Enmascarados de la Justicia pasaron a toda prisa al otro lado y empezaron a bajar.

—Si levantan la mirada nos van a ver. *Are you ready to jump?* —dijo la flipada de Carol cuando iban por la mitad.

CAPÍTULO 4

No hubo tiempo para contestar: Vale cogió su bata-delantal para recuperarla y saltó, pero no la había desenganchado del todo y se partió. Una tira de tela se quedó ondeando orgullosa en lo alto de la reja. Pero ya no podían volver atrás.

David cayó de espaldas a su lado, y se oyó un doloroso CLOC. ¿¡Era la copa!?

Más tarde, los Enmascarados se subieron a un autobús, y el conductor soltó un «el mundo no tiene arreglo». Cuando se sentaron, Vale examinó el interior de la mochila de Dave. El CLOC de antes sí había sido la copa, sí... Y SE ROMPIÓ AÚN MÁS.

Ahora, en el hotel, el recepcionista se ha asustado. Es normal: debe de ser para echarse a temblar, eso de ver a seis superhéroes que vuelven de una batalla nocturna con la lengua fuera y entran por la puerta como un rebaño de cabras monteses.

Vale le ha preguntado dónde está Fabricio, pero no ha contestado, pese a que a vuelto a repetir la pregunta otra vez. ¿Es que se le ha paralizado el cerebro?

—Se ha hecho *cake* encima —le dice Carol en voz baja—. Insiste.

—Mmm, señor Marmitako —Vale ha leído la tarjeta

de identificación que el recepcionista lleva en el pecho—, ¿Fabricio ya se ha ido a casa o aún está aquí?

—Sí.

—Sí, ¿qué?

—Se ha ido.

El hombre sigue en *shock*, pobre.

—¿Y cuándo vuelve? ¿Mañana? ¿A qué hora?

—Nunca más. Ha venido esta tarde. Le temblaban las manos, tenía la cara roja y de la nariz le caían mocos... Entró en el despacho del director y después se despidió de mí. Ha dejado el trabajo.

—¡No puede ser!

Vale se lleva una mano a la frente. Las piernas se le aflojan y acaba sentado en el suelo.

—Querido, Fabricio era un gentilhombre y un lisonjero; sentimos que se haya ido, pero ¿no estás exagerando un poco?

—Ay, las piedras...

Cuando suben a la habitación, ven los pantalones de Vale revueltos sobre la cama. Los bolsillos están vacíos.

VOTO DE CONFIANZA

A la mañana siguiente, Vale ve el sol asomar por el horizonte, lo mira y se parte de risa. Aunque es una carcajada nerviosa que termina de golpe.

Se han pasado la noche reconstruyendo la copa, y no ha sido fácil. Hasta tuvieron que arrancar lentejuelas de algunas prendas de Carol (que se cabreó como una mona) y las pegaron al trofeo. Son piedras preciosas patéticas, pero menos da una... piedra...

Justo cuando nace el día acaban el tubo de cola de impacto, dan los últimos toques y contemplan el resultado de tantas horas de trabajo. La copa parece una alcachofera futbolera.

CAPÍTULO 4

—Tenemos que reconocer que el bricolaje no es nuestro fuerte —dice Temis.

—No podemos hacer más, ¿verdad, bonito?

—No, Elita, esto ya es historia. Vamos a hablar con los organizadores para contarles lo que ha pasado.

—No os precipitéis —les pide Vale—. Como mínimo, nos echarían de la *final four*. E igual hasta nos expulsarían de la Escuela y tendríamos que volver a casa. Y no quiero.

—No podemos abandonar —defiende Carol—. ¡Os habéis cargado mi traje de lentejuelas! ¡Al menos, que sirva para algo!

—Tiene mucha razón —añade Vale.

—¿Y si pedimos dinero a nuestros padres y vamos de tiendas, *Caroline*? —propone Otto, que a veces la llama por su nombre en inglés—. ¿Si te compras ropa nueva de sustitución estarás contenta?

—¡Sí, mucho! Entonces no me importará abandonar.

—Tíos, no podemos rendirnos. Se me ha ocurrido una idea: busquemos ayuda. ¡Dicen que en la vida hay que luchar, que nadie te regala nada! Confiad en mí.

—Yo solo lo haré si mantenemos lo de ir de compras.

—Ok, Carol. ¿Qué decís los demás?

Al cabo de una hora larga se plantan ante una mansión.

Los Reyes del Silbato, ahora vestidos con ropa deportiva para no revelar su identidad secreta de superhéroes, llaman al telefonillo con cámara.

—¿Quién es? —responde alguien.

—Hola, somos los que hemos llamado por teléfono para hablar de la copa —dice Vale.

—¿Para qué habéis venido? Ya os he dicho que el señor Yourmoney no puede atenderos.

—Solo será un momento.

—Todos dicen lo mismo. Está reunido, lo siento. Si queréis visitarlo, volved a llamar por teléfono y pedid hora, creo que dentro de tres meses tiene un hueco en su agenda. *¡Clic!*

Vale piensa que el «está reunido» es como decir «pasa de ti como de una boñiga en mitad de una acera», y vuelve a llamar al telefonillo.

—Y ahora, ¿¡qué queréis!?

—Dígale que somos uno de los equipos finalistas de la Liga de los Superjusticieros, y necesitamos saber por dónde tendremos que coger la copa si la ganamos. No querríamos estropearla.

—Mmm, ese es un buen motivo, chico. Cruzad el jardín por el caminito, sin pisar el césped.

CAPÍTULO 4

Se oye un zumbido electrónico. Ellos empujan la puerta y entran.

—¿Cómo se te ha ocurrido decirle eso? Vaya morro tienes, Vale.

—Era la excusa que necesitábamos, Timisita. Ahora podremos explicarle lo que nos ha pasado, abrirle nuestros corazones. Eloy Yourmoney nos ayudará.

—¿Y cómo puedes estar tan seguro?

—No lo estoy... pero los artistas tienen ideas guais, y el tema de la pasta seguro que les resbala.

También dicen que ríen a menudo, que son humildes y sencillos y...

—Reconstruirá la copa, porque las obras de arte son como hijos para sus autores —añade—, y los padres de verdad se preocupan por sus criaturas y las ayudan cuando lo necesitan.

Pero cuando Vale mira a su alrededor ya no está tan seguro. A los lados del camino hay estatuas que representan a la misma persona, con sus respectivos títulos debajo: *Yourmoney contemplando el mar*, *Yourmoney escuchando los grillos y tomando notas*, *Yourmoney abanicado por sus sirvientes*, *Yourmoney tomando una horchata en la piscina...*

SU MAJESTAD LA VACA

Los recibe un mayordomo muy estirado. Cruzan un vestíbulo lujoso, suben unas escaleras brillantes y entran en una cámara real. Al fondo, un hombre de cabellos rizados y gordo como una vaca de alta montaña está sentado en un trono, contemplando dos piezas rectangulares, una amarilla y la otra plateada.

Al oírlos no se vuelve hacia ellos. Escucha a su sirviente, levanta una mano y le dice solo con una señal que se largue. El mayordomo hace una reverencia y se aleja a toda prisa.

Vale piensa que ya la han liado: no parece un tío muy campechano. Pero, en fin, igual es solo una sensación. A veces, oír hablar a alguien ayuda a despejar las dudas.

—No me gusta que me molesten mientras pienso, y no voy sobrado de tiempo. La copa se coge por la base, con firmeza pero a la vez con delicadeza, sin tocarla con las uñas. Adiós.

Dudas despejadas: Su Majestad la vaca Yourmoney es idiota. Y un creído.

—¿Sobre qué cavila, querido genitor de arte tocado por el aliento de las musas?

Otro que tal. Vale se pregunta qué serán esas «musas». Le suena a un grupo de rock que se llama Muse, pero... ¿O quería decir «mozas», es decir, «chicas»? ¿*Cheerleaders*? ¿Fans desquiciadas? Y si están empachadas y no tienen buen aliento, ¿qué pasa?

Curiosamente, el tío se ha dignado a mirarlos, y parece estar flipando con la porquería de frase de Otto.

—¿Quién ha hablado con tanta sabiduría?

Otto alza la mano.

—Tú eres un elegido, niño, tienes que saberlo. Hace horas que intento decidir qué material voy a usar para mi próxima obra, oro o plata, y no hay manera... Escucho sus voces y ambos desean el protagonismo en detrimento del otro.

¿Ha dicho «excremento»? Vale no se lo puede creer: Yourmoney está perdiendo las formas.

—¿Y si emplea las dos, querido? Puede crear una aleación...

—¡Oh, qué gran idea! ¡Eres un visionario, has de saberlo!

Dicen cosas raras. Mejor hacerlos aterrizar e ir a lo concreto.

—Señor, queremos comentarle una cosilla sobre la Copa del Silbato de Oro.

—Vale se quita la mochila de la espalda para abrirla y mostrarle los fragmentos del trofeo.

—Es mi obra maestra —dice el artista, que se levanta del trono, se acerca a una ventana y mira al cielo; un rayo de sol le ilumina—. Tardé sema-

nas en decidirme por el oro y, después, estuve meses trabajando día y noche en la copa, sin dormir ni beber ni comer.

—Pues debía de estar delgado como un palo de escoba, no como ahora...

Pero Yourmoney, bajo el foco solar y concentrado en lo que dice, no ha oído a Vale.

—Casi perdí la vida para crear la copa, y mataría si algún indeseable le hiciera una sola rayadura.

La luz del sol se desvanece, el cielo debe de haberse nublado. Yourmoney se ha quedado en la penumbra, y se vuelve hacia los Reyes. Vale traga saliva.

—¿Qué tenías que decirme de la copa?

—¡Eeeh, nada, que verla nos ha emocionado la tira! Pero mucho, ¿eh? Es tan...

—... bella —completa Otto—. Hemos venido a felicitarlo por su arte sublime.

—Sí, aunque es tan guay que no sabemos si somos dignos de ganarla —dice Ela, que si le hace la pelota es porque debe de estar muy acoquinada.

—Ah, sois muy amables. Sí, lo reconozco: es maravillosa, me he lucido. Dios dirá si sois dignos de ella. Pero TÚ —señala a Vale— ibas a sacar algo de la mochila. ¿Qué es?

El chico ve de reojo que David baja la vista, y oye a Temis murmurar «la hemos cagado». Entonces Vale mete la mano en la mochila y…

—No lo hagas —le pide Carol.

Pero él ya está sacando la mano, con un muñeco de peluche de un árbitro. Lo levanta y lo agita.

—Es un regalito. Si tira del cordel que lleva en el ombligo, habla. Mire.

«¡Fuera de juegooooo! ¡Penalti, penalti! ¡Merluzo, basta de bobadas o te expulso!»

Cuando salen de la mansión, los Reyes tienen las miradas a la altura de las baldosas de la calle.

—Aún tenemos tiempo de encontrar una salida —dice Vale—. ¿Se te ocurre alguna idea, Dave?

—Ni una.

—Estamos acabados —opina Ela.

—Por una vez estoy de acuerdo contigo —añade Temis.

Otto y Carol ponen cara de dolor de muelas.

—Que reine la calma —dice Vale—. Faltan 36 horas para la final, es el tiempo que tenemos para arreglar la copa. Dijeron que la iban a dejar en la sala hasta entonces; por tanto, nadie va a descubrir que no está. ¿De acuerdo?

DIARIO_CHUNGO.COM, NOTICIAS CATASTRÓFICAS AL INSTANTE

¡ROBAN LA COPA DEL SILBATO DE ORO!

Anatolio Tintolio.
Corresponsal deportivo.
Todo el mundo está conmocionado. El preciado trofeo de la *final four* de la Escuela de Superjusticieros del Fútbol de las Islas Más que Malditas ha desaparecido. Alguien más malo que la tiña (y que el Día del Juicio Final irá directo al infierno) la ha robado; a saber qué hará con ella.

ESTA MAÑANA, UN VIGILANTE HA ENCONTRADO ABIERTA LA SALA DONDE ESTABA LA COPA

La policía ya investiga el caso y asegura que tiene pistas

Peter Perrowsky, propietario de la Escuela y las Islas, ha afirmado que «es un desastre histórico. Espero que atrapen a los ladrones y recuperen la copa antes de la final».

La inspectora Míriam Lupa Plis, de la Policía Autónoma Protectora de los Intelectuales (PAPI), confirma que «hemos encontrado huellas de pisadas» y que «no puede ser que se dejasen la puerta abierta; de ser así serían unos inútiles. Al contrario, creemos que es una provocación para reírse de nosotros, y que los ladrones son profesionales con mucha experiencia».

Por otro lado, los Miembros de Adoradores de Mitos Increíbles (MAMI), una asociación fundada para alabar al creador de la copa, se tiran de los pelos. Juan Palán Gana califica el robo de «suceso trágico» y dice que el Sr. Yourmoney está que echa fuego: «¡Se comporta como un leñador salvaje, no para de cortar árboles de su jardín con un hacha!».

Además de PAPI y MAMI, POPÓ (Plataforma Oculta Protectora de Obras) también investiga el caso. Úrsula Croquis dice que «esto parece un circo», pero no se refiere a los nombres de las organizaciones investigadoras, sino a que «hay agujeros en la moqueta, y creemos que los ladrones encima se dedicaron a jugar al minigolf. ¡Desvergonzados!».

5
LOS RIVALES MÁS PELIGROSOS

Los Reyes del Silbato están en el Estadio Modesto Sobrado Alpairo, listos para presenciar la segunda semifinal de la Liga. Su rival en la final saldrá del vencedor de este duelo.

Cuando llegaron al estadio, directamente desde casa de Yourmoney, el directivo caracaballo los acompañó hasta el palco y les mostró la fatal noticia en una *tablet*, y ellos tuvieron que leerla, haciendo como que se quedaban atónitos y conmovidos.

La situación es complicada: ahora todo el mundo sabe que alguien ha robado la copa, y están buscando a los culpables. Además, han pedido colaboración ciudadana para encontrar pistas.

—¿¡De verdad que te dejaste la puerta abierta, Vale!? —le dice Temis cuando el caracaballo se va.

—Supongo. Pero todo el mundo puede equivocarse, ¿no?

La conversación acaba porque llega Vicky y se sienta con ellos. Solo faltaría que se enterase...

En ese momento, el *speaker* del estadio recita las alineaciones. Los Gallitos Salvajes son los favoritos de la semifinal; en teoría no hay color, pero, como se suele decir, «se tiene que jugar». No se puede dar nada por ganado ni por perdido.

UNA FLOR NO HACE *SUMMER*

Después de un sorteo, se anuncia que los Superstars arbitrarán la primera parte y los Gallitos Salvajes, la segunda.

Comienza el partido. La primera en hacer de árbitra principal es Olivia, una chica que tiene días muy buenos y otros muy malos. En la Escuela todo el mundo lo sabe. Hoy parece que está inspirada: señala bien las faltas reiteradas de un futbolista y, al final, le saca una tarjeta amarilla.

Desde las gradas, Vale zampa palomitas y piensa que ser árbitro es difícil. Lo que tienen que decidir es muy importante. En la Escuela no pasa nada, porque el público solo está pendiente de ellos...

CAPÍTULO 5

En cambio, fuera está la cruda realidad: los partidos de verdad, donde los árbitros se encuentran en el terreno de juego pero es como si no existieran. Y cuando se hacen notar es que hay polémica y la cosa no va bien. Eso no mola.

Los Superstars cambian a la árbitra y a los linieres. Hoy lo hacen bien, obtienen muchos puntos y los que están ahora sobre el césped van a por todas, pero...

Pobrecillos. Vale se pone en su lugar y se le encoge el corazón. Tanto esfuerzo para nada. Lo más normal es que pierdan primero contra los Gallitos (que saben más) y después contra los Reyes (si gracias a un milagro consiguieran ganar este partido y pasaran a la final).

—¡No paran de sumar palitos de aciertos! —exclama David.

Es verdad: están que se salen. Michael, un chico más bien indeciso, hoy señala los fueras de juego con una seguridad sorprendente.

—Ni siquiera le tiembla el pulso, queridos —dice Otto.

—O quizás sí, pero no lo parece —replica Vicky—. Eso es básico, amigos: aunque por dentro estés temblando como una hoja, si los demás no lo ven ya tienes mucho ganado.

Vale piensa que Perrota es muy sabia y que es una

lástima que Perrote, por eso de quedar bien con todo el mundo, no pueda hacerles de entrenador en la *final four*; no es tan listo como ella, pero también los anima mucho.

Al final de la primera parte, los Superstars obtienen una puntuación de 98 aciertos y solo 16 fallos, es decir, 82 puntos positivos. Impresionante.

—Alucino con el arbitraje de los Superstars —dice Vale—. Quizás sería mejor que pasaran a la final los Gallitos.

—Ni de coña —responde Ela—. Estos son unos pringados, pero están supermotivados y les ha salido todo redondo.

Como siempre, Ela lo pone todo patas arriba en dos segundos.

—Sí, una flor no hace *summer*. Con los Superstars siempre es así: una de cal y otra de arena.

Carol se apunta a todas, siempre tiene las parabólicas a punto y mete las narices donde sea. Vale se pregunta por qué lógica matemática Carol no ha dicho «una de *lime* y una de *sand*», por ejemplo. Puestos a decir chorradas, que las suelte todas juntas...

—No todos los rivales son igual de peligrosos. Los Gallitos son unos cracks, yo prefiero que pasen los Superstars.

CAPÍTULO 5

—Ojalá, querida Temis. Estoy de acuerdo.

—La primera parte ya es historia, a ver qué pasa en la segunda —dice David.

—¿Qué os parece si, para aprovechar el descanso, os hago un truco de magia con los dados? Es diver.

—Ni hablar —contesta Ela.

Vale sabe que no dicen nada más porque Vicky está con ellos, pero sus miradas afiladas hablan solas. Vienen a decir «déjate de puñetas, que gracias a ti tenemos un buen pollo».

Cuando comienza la segunda parte, el árbitro principal es Jonathan, y su hermano Kevin hace de linier. Son los mejores de su equipo, aunque los demás también son muy buenos impartiendo justicia.

Al principio parecen dudar, han salido fríos, pero muy pronto muestran su categoría cuando anulan un gol de cabeza después de un córner. El VAR demuestra que el delantero le ha clavado el codo en el cuello a un defensa antes del remate.

—¡Qué pros! —grita Vale.

—Sí, son la caña —dice Temis—. A ver qué pasa.

Más tarde, Morgana hace de árbitra y deja a todos boquiabiertos. Pita una falta en la frontal del área, corre hasta allí, lanza el silbato muy alto al aire, da dos volteretas y un saltito, caza el silbato al vuelo cogiéndolo por el cordel y, en plena carrera, lo agita como si fuera una cinta de satén.

Claro, los Gallitos son listos. Saben que necesitan ganarse al jurado y han aplicado una de las clases que todos los equipos recibieron hace unos días: la futgimnasia rítmica.

Y la cosa les sale bien: aunque el VAR demuestra que la falta era dudosa y que quizás Morgana se haya equivocado, su actuación ha sido tan guapa que el jurado le ha puesto un palito en la columna de aciertos.

Vale piensa que los Reyes acaban de recibir una gran lección: tienen que aprovechar todas las clases que les han dado.

En el último minuto del partido, los Gallitos han llegado a los 100 aciertos y han cometido 16 fallos. Lo tienen todo a favor, pero Tania da tres minutos de tiempo añadido y el jurado, que comprueba cuánto se ha perdido, dice que tienen que ser dos y añade un palito a la columna de fallos.

Los Superstars tienen 82 puntos, y ahora mismo los

CAPÍTULO 5

Gallitos acumulan 83. La emoción es máxima, un error más llevaría a Jonathan y compañía a la prórroga, y si el fallo fuera grave serían dos palitos en la columna de errores... ¡y podrían perder!

Pero, en vez de apocarse, Tania actúa con naturalidad, hasta que de repente se produce un fuera de banda que no se sabe a quién favorece.

Qué cosas: no es un penalti, ni una tarjeta, ni un gol dudoso... Un simple fuera de banda puede poner contra las cuerdas al mejor equipo de la Liga regular. El público que va a favor de los Superstars ruge, ve la oportunidad de empatar (y quizás de ganar).

La árbitra decide a favor de uno de los equipos de futbolistas y el jurado comprueba a conciencia las imágenes. ¡Ha acertado!

Al acabar el encuentro, los Gallitos han superado a los Superstars por apenas dos puntos de diferencia, y pasan a la final.

—Uau, ha sido muy igualado... los Superstars casi han dado la sorpresa —dice Vale, mientras ven que, sobre la hierba, los Gallitos consuelan a sus rivales.

—Tania sabe mucho, queridos. Ese fuera de banda ha sido clave.

—Yo creo que no sabía a quién conceder el balón, pero lo ha decidido a cara o cruz y le ha salido bien, ¿no, bonito?

—Quizás sí, Elita; esperemos que no sea la suerte de los campeones...

—¡Dejad de decir tonterías! —brama Temis como un dragón enfurecido—. ¡Vamos a ganar nosotros!

¿Ese malhumor repentino de Temis se debe a que no puede ni siquiera plantearse que quizás pierdan, o es por lo de «bonito» y «Elita»? Vale lamenta que Temis se vaya dando patadas al aire. Si no fuese tan arisca con él, iría tras ella y le alegraría el día con un truco de magia.

Pero no lo hace: seguro que le echaría una bronca descomunal.

En fin, ahora ya saben que les ha tocado el rival más complicado, y que los Reyes no van a ser los favoritos para alzar la copa...

... que ahora mismo es el montón de pedazos que guarda Vale en una mochila, con restos de cola pegados por todas partes, lentejuelas del traje de Carol en vez de piedras preciosas, trozos de guante sucio sobre la base, el tronco, el balón y los rayos, como si fuera un estampado de calzoncillos con picos de color caqui.

Vaya pesadilla.

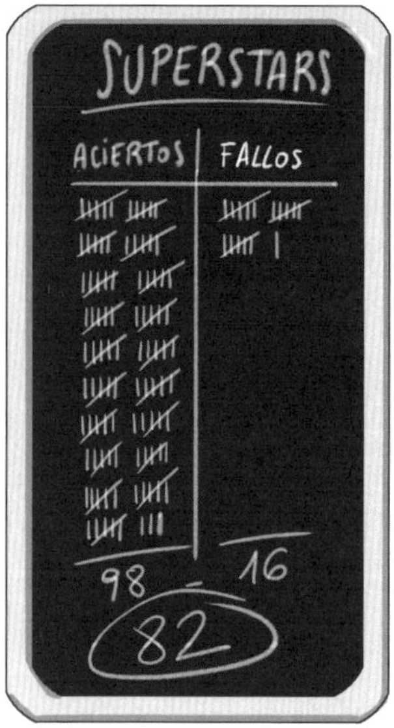

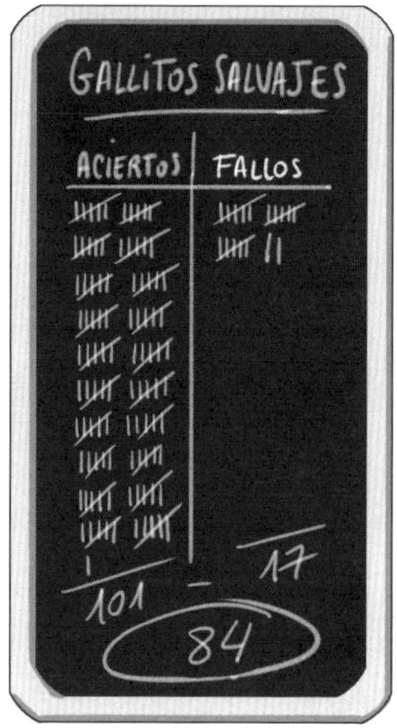

ESCUELA DE SUPERJUSTICIEROS DEL FÚTBOL
DE LAS ISLAS MÁS QUE MALDITAS (EUROPA)
LIGA. *FINAL FOUR* 1ER. CURSO

SEMIFINAL 1		SEMIFINAL 2	
Reyes del Silbato	Sin Perdón	Superstars	Gallitos Salvajes
77	**74**	**82**	**84**

PARTIDO POR EL TERCER PUESTO

PERDEDOR SEMIFINAL 1	PERDEDOR SEMIFINAL 2
Sin Perdón	Superstars

GRAN FINAL

GANADOR SEMIFINAL 1	GANADOR SEMIFINAL 2
Reyes del Silbato	Gallitos Salvajes

6
SUPERMENTIRA

Peter Perrowsky, alias Perrote, aparece en el palco y abraza a Vicky, alias Perrota, que es su prometida. Se dan un beso de esquimal y se ríen. El amor es poderoso y alela a la peña; es la única explicación posible para sus caras de tortolitos. Después Perrote saluda a los Reyes.

—Os espera una final de lujo, chicos, estoy contento.

Pero lo dice con expresión seria; en realidad debe de estar preocupado.

Cuando llegan a uno de los palcos interiores, Perrote les hace una señal para que se sienten en las *chaise-longues* (¡unos sofás muy cómodos!). Enseguida llegan los Sin Perdón, los Superstars, los Gallitos y otros equipos que no participan en la *final four*.

Después de presentarles a la inspectora Lupa, de la Policía Autónoma Protectora de los Intelectuales (PAPI), Perrote va al grano.

CAPÍTULO 6

—El señor Yourmoney nos ha dicho que, si no recuperamos la copa antes de la final, va a denunciar a la Escuela y se nos caerá el pelo. Por eso os he convocado. Queremos crear una Comisión Secreta de Investigación para atrapar a los malditos ladrones.

Vale traga saliva.

—Además de la policía, ya investigan el caso unidades del ejército y brigadas de ciudadanos que se han organizado entre ellos para encontrar a los culpables y castigarlos como se merecen.

Vaya movida y, total, por una copita de nada. ¡Ni que fuera el Santo Trial!

—Tenemos hasta comandos de abuelas y abuelos que patrullan las calles noche y día: son muy combativos y, si atrapan a los ladrones, no tendrán ningún miramiento con ellos. Pero nos faltan más efectivos, y vosotros estáis acostumbrados al peligro.

Los Reyes se miran entre ellos. Carol es la única que sonríe. ¿Cómo puede ser tan positiva?

—Será difícil encontrar la copa antes de la final —sigue Perrote—, solo quedan 33 horas, pero tenemos que intentarlo. Necesito voluntarios para la Comisión de Investigación. ¿Quién quiere apuntarse?

Poco a poco, unos cuantos van levantando el brazo.

—¡Sííí, vamos a hacérselo pagar! —grita Vale con la mano alzada.

Los otros Reyes lo miran como diciendo «*Say what!?*».

—Vamos a organizarnos bien y los pillaremos. ¡Pringarán todos! —brama él, y se echa a correr sin moverse del sitio, como si estuviese sobre una cinta de gimnasio.

—¿Te has vuelto *crazy*, Vale? —le pregunta Carol.

—Nooo, tengo un plan perfecto. —Y cuando vuelve a sentarse le explica su idea al oído.

Tienen que formar parte de la Comisión para disimular (idea 1) y, sobre todo, para evitar que otros investigadores aten cabos y los descubran (idea 2, alucinante, cosa que le hace pensar que su cerebro da más de sí de lo que creía).

—Ah, sí, sí, sí, ya lo capto —dice Carol—: tenemos que estar en medio como el *Thursday* y darles pistas falsas...

La inspectora Lupa los hace pasar a la sala donde estaba la copa.

—Fijaos en la moqueta, está llena de agujeros.

—Quizás sea un mensaje en clave —dice Vale.

—Mmm, no se me había ocurrido. ¿Tú crees? ¿En qué código? ¿Morse?

CAPÍTULO 6

—No, morsa —suelta él, y se ríe solo.

Los Perrotes y Lupa lo miran con perplejidad, pero algunos tontitos de los otros grupos se agachan y empiezan a gatear, quizás para ver si los agujeros forman letras o signos que puedan ser descifrados.

—Mirad, hay cola de impacto por todas partes —comenta Perrote.

—¡Es IMPACTANTE! —dice Vale para hacer otra broma.

—Cállate —le exige Temis.

—También hemos encontrado clips de oficina y tiras de celo —dice Lupa—. No entendemos por qué; es todo un misterio.

CAPÍTULO 6

—Vosotros fuisteis los últimos en entrar en esta sala, Reyes. ¿Visteis algo extraño?

—Nada de nada, Vicky —contesta Ela.

—La sala estaba en perfecto estado —añade Dave.

—Limpia como una patena, querida.

—Y cuando salimos, la copa estaba intactísima.

Uau. Vale no sabía que era tan bueno mintiendo...

—¡Salid a investigar, superjusticieros! —grita de repente Perrote, enardecido.

Eso mismo... y que la potra les acompañe. Todos los grupos empiezan a salir, pero la inspectora les dice a los Reyes del Silbato que esperen, que no se vayan todavía.

—Un momento, queremos hablar con vosotros.

Cuando se quedan solos, Perrote entorna la puerta.

—Va, decidnos lo que sabéis.

Los seis se miran entre ellos, atónitos.

—Nos han informado de que ayer por la noche salisteis del hotel vestidos de Enmascarados.

—¿Cómo lo sabe, querida Lapa?

—¡Lupa, no Lapa! Nos lo ha dicho el recepcionista.

—Salimos a dar una vuelta para airearnos —dice Temis.

—Y cogisteis un autobús que os trajo a este estadio, ¿verdad? —añade Perrote.

Los Reyes se quedan mudos. Y Perrota, que no debía de saber nada, también.

—El conductor del bus nos ha hablado de unos «gamberros con disfraces tristísimos de superhéroes».

—Entonces no éramos nosotros, Peter —dice Carol.

—Después os ha descrito uno por uno, y sí, erais vosotros. Además, una mujer os vio trepar la reja metálica. Sabemos que la tira de ropa que se quedó pegada a la verja pertenece a tu bata, Vale.

—¿Cómo es que esa gente os ha contado tantas cosas? —pregunta David.

—Han visto la noticia en el periódico y nos han llamado —explica Lupa—. No hay duda de que las huellas que hemos encontrado son vuestras. ¿Para qué vinisteis al estadio?

Vale ve que sus amigos bajan la mirada, derrotados. No saben qué decir, pero él sí.

—Os lo digo si prometéis que no os vais a enfadar.

Otto murmura «dios nos ampare», Ela solloza y David la consuela. Temis y Carol no dicen nada, pero estarán pensando que es el fin del mundo.

—De acuerdo, habla —le pide Perrote.

—Vinimos al estadio, sí, y yo tengo la culpa.

CAPÍTULO 6

UN PSI-CÓPA-TA

Al cabo de unos minutos, Temis, Otto y Vale están en un coche patrulla, y David, Ela y Carol en otro. Pero no están detenidos.

—En la práctica, es como si Fabricio hubiera robado la copa —murmura Vale.

—¡Pero no lo ha hecho! ¡Les has contado una supermentira! —replica Temis, enfadada—. Está muy feo que lo hayas acusado.

—Pero nos robó las piedras preciosas, y así desviamos la atención, la poli atrapa a un ladrón de verdad y nosotros nos quitamos el muerto de encima.

—Está bien pensado, querido, pero, ¿no defendías que no todos los ladrones son malos?

—Depende del caso.

Vale vuelve a pensar en Bruno. A pesar de sus actividades ilegales, no cree que sea mala persona. Pero no hacía bien las cosas, al menos no como padre. Iba a la suya, no se cuidaba y la casa estaba hecha un auténtico desastre. Tenía sus razones, desde luego, pero tiraba su vida por la borda...

Y, aunque tiene un hijo, actuaba como si no lo tuviera.

Por eso Vale, ya desde muy pequeño, iba solo a todas partes: al cole, al pabellón, a la academia de inglés... y se volvió un niño de la calle. Libre, pero sin familia.

—¿Qué vas a hacer cuando lleguemos? —Temis interrumpe sus pensamientos—. Fabricio no tiene la copa.

—La tendrá. —Vale señala con la mirada la mochila que está a sus pies.

—Pero, ¿y si dice que no sabe nada y cuenta que tú tenías las piedras preciosas?

—Cuando la policía encuentre las piedras y la copa rota en su piso, no tendrán ninguna duda de que la robó él, diga lo que diga.

Un montón de coches patrulla se detienen frente a un edificio. Vale les había dicho a Lupa y los Perrotes que sospechó de Fabricio cuando volvió al hotel, después de ver la copa en el estadio, porque le hizo preguntas sobre dónde estaba. También comentó que los Enmascarados volvieron por la noche porque le estaban siguiendo la pista.

Una mentira perfecta para matar dos pájaros de un tiro: 1. Quitarse de encima la culpa por el destrozo y el robo de la copa. 2. Detener a un auténtico delincuente.

Los agentes de policía derriban la puerta de un piso, pero dentro no encuentran a nadie. Los Reyes también

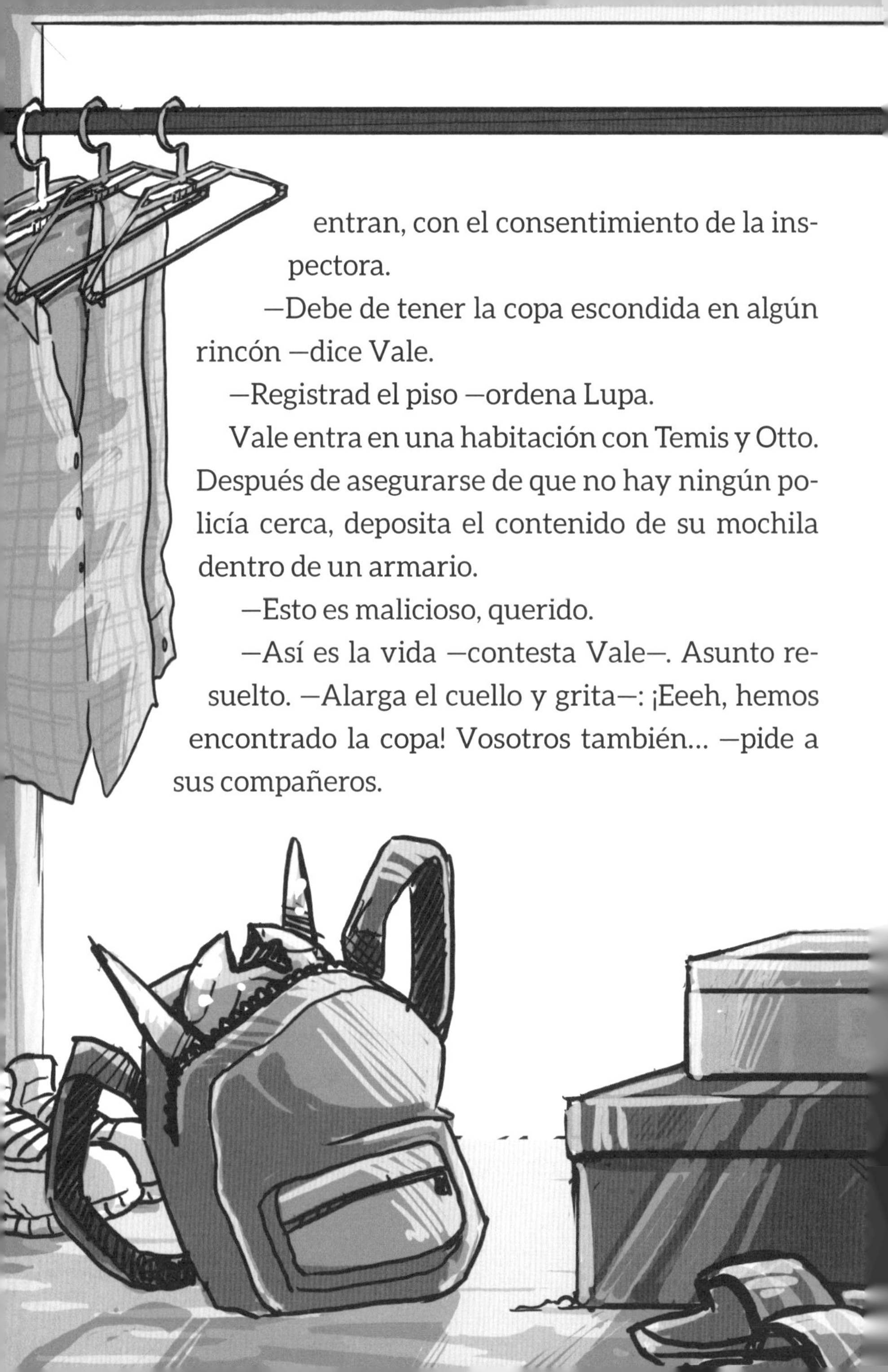

entran, con el consentimiento de la inspectora.

—Debe de tener la copa escondida en algún rincón —dice Vale.

—Registrad el piso —ordena Lupa.

Vale entra en una habitación con Temis y Otto. Después de asegurarse de que no hay ningún policía cerca, deposita el contenido de su mochila dentro de un armario.

—Esto es malicioso, querido.

—Así es la vida —contesta Vale—. Asunto resuelto. —Alarga el cuello y grita—: ¡Eeeh, hemos encontrado la copa! Vosotros también... —pide a sus compañeros.

—¡Venid, es increíble!

—¡Se la ha cargado, queridos, es un psicópata!

«Psicópata» tiene que venir de «copa», sin duda. Es una palabra muy acertada.

Un rato después, los agentes acaban de registrar el piso, pero no han encontrado las piedras preciosas. La inspectora hace una llamada con el móvil.

—Señor Perrowsky, tenemos la copa, pero habrá que restaurarla porque parece un lego. Sí, como lo oye, y desgraciadamente faltan las esmeraldas, los zafiros, los diamantes y los rubíes. Pero no se preocupe, ahora ya sabemos quién robó el trofeo. Vamos a emitir una orden de busca y captura contra Fabricio Antonio Moral Carcoma.

7

EL ÚLTIMO RECURSO

Los muebles cubiertos de polvo, las camas sin hacer, algunas bombillas fundidas, los platos sucios y ni un estropajo ni jabón para fregarlos... Este es el panorama que Valentino se encontraba en casa cada tarde, cuando volvía del colegio.

Desorden y silencio, aunque eso no quería decir que su padre no estuviera. Después de haberlo pillado una vez reunido con tres mafiosos, tuvo que ir con cuidado. Vale recorría de puntillas aquel piso enorme y pegaba la oreja a cada puerta.

Si oía voces, se encerraba en su habitación. Pero casi nunca había nadie. Lo sabía al llegar a la última sala, el gimnasio de casa. Allí había una cinta para hacer ejercicio; él se subía, la ponía en marcha y pasaba un buen rato corriendo. Era su manera de olvidarse de todos sus problemas.

EL ÚLTIMO RECURSO

Vale no estaba a gusto en ninguna parte: en la calle a veces se sentía como un perro abandonado y, en casa como un prisionero, y tenía miedo. No sabía cómo cambiar la situación.

—Querido, estás ausente. ¿En qué piensas? ¿En la copa?

—¿Eh? Sí...

Los Reyes del Silbato comen en un restaurante vegetariano. «El menú es variado, bueno y sano», dijo Carol antes de entrar, y ahora que acaba el último trozo de verdura del primer plato grita: «¡El que se pica, *garlics* come!». Y los demás se ríen como si se les hubieran caído los tornillos de la cabeza.

—¿Queréis que os haga un truco de magia? Dadme vuestras servilletas, que las meto en el sombrero y las hago desaparecer.

—Ahora no, Vale, que tenemos que limpiarnos los morros. ¡Después!

Y siguen charlando. Pasan de él, como siempre. Creen que eso de la magia es otra de sus tonterías, que no tiene ningún sentido. Pero sí que lo tiene... Cuando Vale era pequeño empezó a practicar trucos porque creía que con un toque de varita conseguiría que su madre volviera de allá donde estuviera.

Más adelante intentó hacer cambiar a su padre, sobre todo al descubrir que bebía a escondidas. Pero tampoco tuvo suerte.

Nunca hablaban. Nunca estaban juntos. El último año fue terrible, por eso se apuntó a la Escuela de Superjusticieros. Pero no perdió la afición a la magia, al ilusionismo. Así, aunque era bastante negado, intentaba crear fenómenos extraordinarios que fueran más allá de la realidad.

Y no dejaba de soñar con que algún día el mundo, y sobre todo el suyo, cambiaría. Hacer de mago era su último recurso.

CARTA ESCRITA A MANO

Por la tarde, los Reyes del Silbato vuelven al hotel. Vale se ducha y después, cuando va a coger la ropa de su maleta, encuentra en ella una hoja doblada. ¡Es una carta de Fabricio!

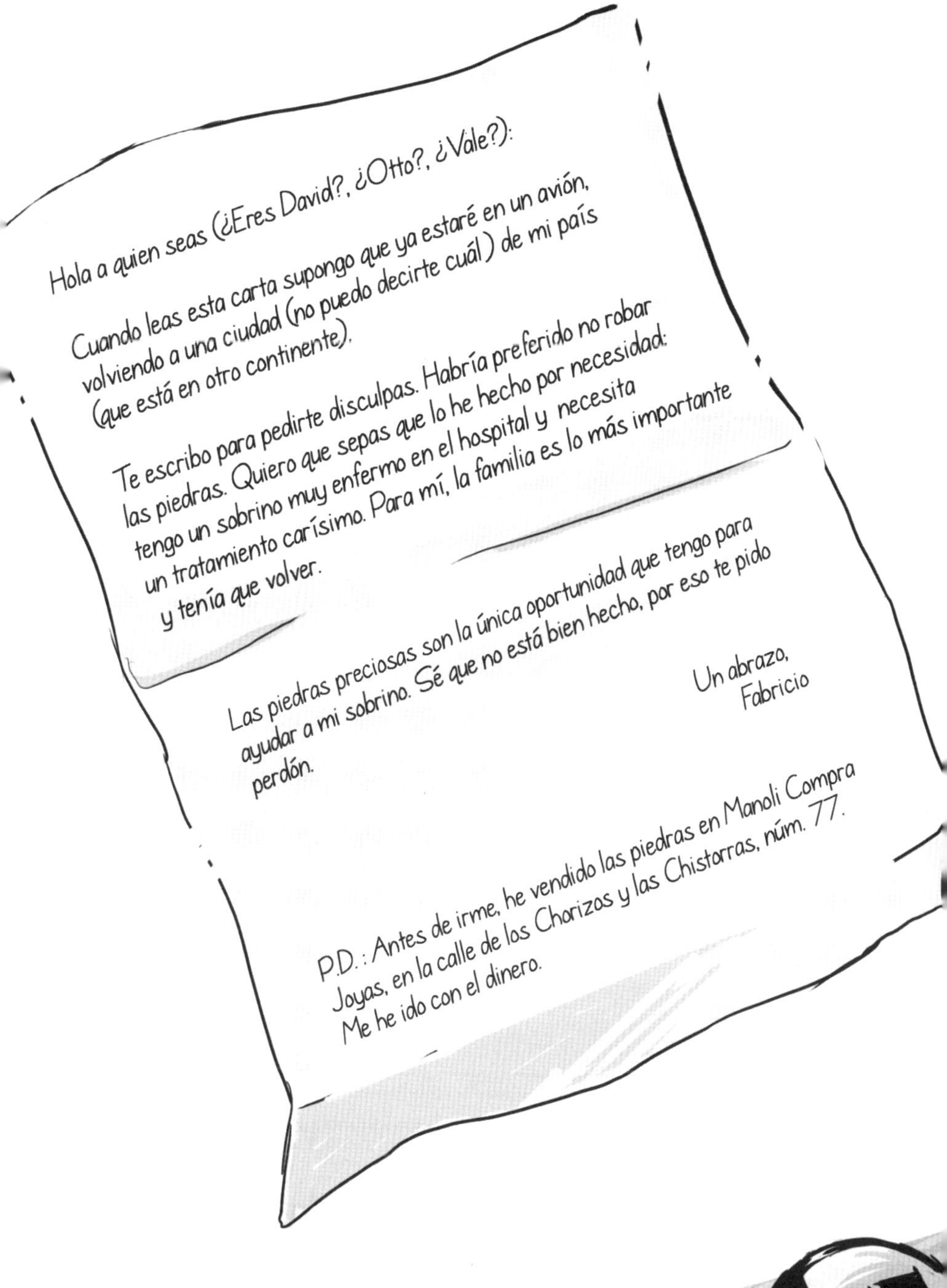

Hola a quien seas (¿Eres David?, ¿Otto?, ¿Vale?):

Cuando leas esta carta supongo que ya estaré en un avión, volviendo a una ciudad (no puedo decirte cuál) de mi país (que está en otro continente).

Te escribo para pedirte disculpas. Habría preferido no robar las piedras. Quiero que sepas que lo he hecho por necesidad: tengo un sobrino muy enfermo en el hospital y necesita un tratamiento carísimo. Para mí, la familia es lo más importante y tenía que volver.

Las piedras preciosas son la única oportunidad que tengo para ayudar a mi sobrino. Sé que no está bien hecho, por eso te pido perdón.

Un abrazo,
Fabricio

P.D.: Antes de irme, he vendido las piedras en Manoli Compra Joyas, en la calle de los Chorizos y las Chistorras, núm. 77. Me he ido con el dinero.

CAPÍTULO 7

Vale piensa que la carta es increíble, porque está escrita a mano (cosa propia de viejos o de tíos raros) y por lo que dice. La deja dentro de la maleta.

Mientras se va vistiendo, se arrepiente de haber acusado a Fabricio del robo: ya debe de haber llegado a su destino, pero la policía sabe quién es y va a seguir buscándolo hasta detenerlo.

De todos modos, la carta dice que no se ha llevado las joyas. De ser cierto, eso puede cambiarlo todo: si las recuperan podrán recomponer la copa y quizás entonces se olviden de Fabricio...

—Hey, han venido los Perrotes y la inspectora Lupa.

Vale alza la vista. David y Ela asoman la cabeza por detrás de Temis, con cara de preocupación.

—Dicen que tienen novedades.

—Ah, guay. Pues vamos.

Temis niega con la cabeza.

—Solo quieren hablar contigo. En privado.

—Que no te pase nada... —dice Ela.

—¡Traidores! Les habéis contado lo que pasó, ¿no?

—Nosotros no hemos dicho nada —asegura David—. Mejor que vayas ya; te esperamos en el vestíbulo del hotel.

UN RAYO DE LUZ

Los Perrotes hacen pasar a Vale al despacho del director, el señor Moquetas, y le piden que se siente en una silla. La inspectora Lupa cierra la puerta.

Le dicen que Fabricio es argentino y ha cogido un avión para volver a su país. Que no tiene antecedentes penales.

—Al contrario: es conocido por hacer colectas para un hospital infantil. Tiene un familiar ingresado —dice Perrota.

—Es lo que me dijo que haría cuando se despidió: irse a Argentina —asegura el señor Moquetas.

—No es un ladrón, o no lo era hasta ahora —explica Perrote—. Pero esta vez querría las piedras preciosas para venderlas; como son tan valiosas...

—Puede ser —dice Vale con una sonrisa.

—Pero hay tres cosas que no encajan —replica la inspectora.

—¿Hay algo que tengas que contarnos, Vale? —pregunta Perrota.

—¿Quién, yo? ¿¡De qué!?

—Lo primero que no encaja es que él rompiese la copa

y le quitase las piedras —sigue Lupa—. Este trofeo es una obra de arte, habría ganado más dinero vendiéndolo entero.

—Tal vez no soporta las obras de Yourmoney y por eso lo destrozó —contesta Vale.

—La segunda cosa rara —dice Perrota— es que no vendiera los otros fragmentos de la copa. Estamos hablando de oro puro.

—Igual no lo sabía.

—¿Nos has ocultado algo, Vale? —insiste Perrote.

—¿Quién, yo? ¿¡De qué!?

—Hay una tercera cosa que no encaja —prosigue la inspectora—: la copa tiene tus huellas digitales por todas partes.

—¿¡Mis qué!?

—Las marcas de tus dedos —aclara Perrota—. ¿Qué explicación puede tener esto?

—Eeeh, cuando encontré los trozos de la copa en el piso de Fabricio me emocioné, los toqué y...

—También hemos encontrado tus huellas en el pedestal de la sala donde estaba el trofeo.

—¿Ah, sí? No lo sé, señora Lupa; debí de tocarlo cuando fuimos a verlo...

CAPÍTULO 7

—Basta de excusas y di lo que tengas que decir —le pide Perrota—. Peter y yo te apoyaremos.

—Cuéntanos qué ha pasado, sea lo que sea —añade Perrote—. Somos tu familia.

Vale se queda petrificado. «Tu familia», ha dicho... En casa no tenía, o no lo parecía. Y él estaba acostumbrado a ir a la suya, a no tener que dar explicaciones. Ahora se siente reconfortado y a la vez atrapado. Obligado a confesar.

—De acuerdo: yo dejé la copa en casa de Fabricio.

Y les cuenta el destrozo inicial del trofeo, su regreso al estadio para repararlo, el robo improvisado, la supermentira, la carta en la maleta... El señor Moquetas, la inspectora Lupa y los Perrotes ponen muecas de sorpresa bárbara y extremo dolor de vientre.

En cambio, cuando acaba de hablar, Vale se siente como si acabara de salir de un túnel oscuro y frío y le cayera un rayo de luz caliente en plena cocorota.

—Y ya está. A fin de cuentas, tampoco es tan grave la cosa, ¿no?

Sus cuatro oyentes no dicen nada. Se nota que se encuentran en estado de *shock*: los Perrotes se abrazan, afligidos; Lupa, pálida, se abanica con una revista, y el señor

Moquetas no para de repetir «Ay, la virgen, vaya pollo maldito».

—Va, hablad —exige Vale—. En la Escuela me han enseñado que los problemas están para buscarles solución. ¿Cómo lo veis?

—Hombre, pues no muy bien —contesta Perrota—. ¿¡No era más fácil confesar desde el primer momento que te habías cargado la copa!?

—En ese momento creí que podría arreglarla.

—Uf, la cosa está complicada —dice Perrote—. He contratado a un montón de expertos que están trabajando a contrarreloj para restaurar el trofeo esta noche. Pero ya veo que no vamos a recuperar las piedras a tiempo…

—¿Y si no las ponéis? —propone el señor Moquetas.

—Eloy Yourmoney es muy puntilloso, examinará la copa antes de la final. Todo tiene que estar en su sitio.

—Pues no podemos rendirnos —dice Vale—. Quizás las piedras aún están en Manoli Compra Joyas...

—Mmm, ¿por qué no? Vamos a comprobarlo —decide la inspectora—. Y también mandaré varias patrullas con mis mejores agentes.

—¡Así me gusta! —celebra Vale—. Y yo guiaré al mejor equipo de superjusticieros del mundo mundial.

CAPÍTULO 7

—¿Los Gallitos Salvajes? —pregunta Lupa—. No creo que estén disponibles; me parece que han ido a investigar a las afueras de la ciudad... —dice, mirando a Perrote.

—Qué manía con los Gallitos... ¡Me refiero a mi equipo! —responde Vale, y se pone a correr a toda velocidad sin moverse del sitio—. ¿Es que no lo veis? ¡Es la hora del rayo y el trueno, de la tormenta de fuego y sonido, de los Enmascarados de la Justicia!

8

EL INFIERNO DE LOS PILLARD

La tienda de Manoli Compra Joyas está cerrada a cal y canto. Los agentes de policía revientan las puertas, ordenan a los Enmascarados que se queden fuera y entran.

—Nos valoran muy poco, chicos —refunfuña Vale, que va vestido con la falda escocesa.

Los demás asienten, pero ni Temis (que tiene tanto carácter) ni David (que es tan valiente) proponen irrumpir en la tienda como una manada de leones hambrientos.

De hecho, los Perrotes están junto a ellos y los vigilan. Y después del lío que han montado, mejor no liarla más.

—¿Podemos ir a la cafetería de la esquina a tomarnos un batido? —pregunta Temis.

—De acuerdo —contesta Perrota.

—Es una táctica secreta, ¿verdad? —pregunta Vale cuando se van.

—No, es justo eso: vamos a tomar algo y punto.

CAPÍTULO 8

Los Enmascarados se sientan a una mesa y un camarero, que se parte de risa con sus trajes, les sirve las bebidas.

—Tranquilos, que seguro que encuentran las piedras en la tienda de Manoli. ¿¡Os hago un truquito de magia con las cartas!?

Todos responden «no, Vale, gracias», pero Temis va más allá:

—¿Por qué no paras con esas tonterías? ¿¡No ves que te pones muy pesado!?

—Titi, para mí esto de ser mago no es ningún juego. Lo hago para cambiar la realidad que no me gusta.

—¿Con un toque de varita y cuatro palabras mágicas? —dice ella en tono burlón—. Eres un pringado. La magia no sirve para nada.

—¿Y según tú, que eres tan lista, qué es lo que «sirve»?

—Dar la cara. ¿Ese concepto sale en tu diccionario?

Golpe bajo. Temis tiene ese punto de tía dura que duele.

—En eso tienes razón, querida. Cuando se produce un problema no es adecuado ignorarlo porque…

—Para el carro, Otto —dice David—. Y basta de reproches. Lo que ha pasado hasta ahora ya es historia y no se puede cambiar. Esperemos a ver si la poli encuentra las piedras.

CAPÍTULO 8

Al cabo de un rato largo se acaba el registro. Los Enmascarados están frente al número 77 de la calle de los Chorizos y las Chistorras, esperando noticias. La inspectora Lupa sale de la tienda, decepcionada.

—Nada de nada —le dice a Perrote—. Tendréis que incrustar bisutería en la copa.

—¿Bisuqué? —pregunta Vale.

—Piedras preciosas de pega —aclara Otto.

—Ah, buena idea, a ver si cuela...

—Imposible —contesta Peter, que los ha oído—. Eloy Yourmoney no va a tragárselo, nos empapelaría a todos. Aunque puede parecerlo, no tiene ni un pelo de tonto.

MANOLI, LA TAPADERA

Cuando oscurece, los Perrotes dejan a los Enmascarados a la entrada del hotel.

—Mañana es la final —les dice Vicky—. Mejor que hoy os vayáis a dormir temprano.

—Olvidaos de la copa —añade Peter—. Si os he entrenado desde que empezó el curso era para llegar a este momento y ganar. Hasta mañana.

La pareja se despide. A pesar de esas palabras Vale se siente muy mal y, por lo que parece, no es el único.

—¿Y ahora qué hacemos? ¿Se te ocurre alguna idea, bonito?

—¡A dormir todos! —estalla Temis—. ¿Es que no has oído a Perrote, Ela?

—Yo sí que tengo una idea —dice Vale—, y esta vez no es ninguna animalada. Solo quiero hablar con alguien que quizás pueda ayudarnos.

Más tarde, Vale se encuentra con su padre en un parque. Es de noche y los dos se sientan en uno de los bancos de una plaza circular, iluminada por farolas y con una gran fuente en el centro, estropeada y sin agua.

—Hijo, me preocupas. ¿Por qué vas vestido así?

—Voy de superhéroe. Ya sabes que en la Escuela nos enseñan a impartir justicia dentro y fuera del campo. Pero, escúchame, tengo que decirte algo.

Vale le cuenta lo que ha pasado con la copa.

—¿Manoli Compra Joyas? —Bruno sonríe—. Claro que los conozco, es una tapadera. Detrás de ese negocio están los hermanos Pillard, trafican con todo lo que te puedas imaginar... ilegal, claro.

—Entonces, ¿¡puedes recuperar las piedras!?

—Hombre, hace tiempo tuve tratos con ellos, pero no son gente muy simpática, ¿sabes?

—Hazlo por mí, papá. Ayúdame.

Bruno mira a su alrededor, pensativo. De fondo se oye algún pájaro que canta, el viento que acaricia las hojas y el chorrito de pipí de un perro contra un árbol cercano.

—De acuerdo. Sé dónde encontrarlos.

—¡Sí! Gracias...

Vale silba y aparecen los otros Enmascarados, que esperaban escondidos. Bruno se levanta del banco y saca una pistola.

—¡Atrás, Valentino, estos frikis quieren atracarnos!

—Son mis amigos, papá.

—Ah, ¿de verdad? Pues vestidos así no los conocía, no... Oye, la Escuela a la que vas es un poco rara, ¿verdad?

—Somos superjusticieros y luchamos contra atracadores, bandidos y...

—... gente como yo, vaya.

Vale se encoge de hombros.

—Solo sé que eres mi padre.

De repente, Bruno hace una señal y aparecen un montón de hombres y mujeres armados.

—Pues estos son mis amigos, hijo. Los «enemigos» que vas a necesitar hoy para recuperar las piedras. Iremos con ellos a visitar el infierno de los Pillard.

LA ESTACIÓN SECRETA

Bruno los lleva al metro, y sus guardaespaldas pasan uno a uno por las máquinas que dan acceso. Serán unos bandidos pero pagan sus billetes.

En total son dieciséis. Dos mundos diferentes unidos por Vale y Bruno, situados en el centro del vagón.

STOP

CAPÍTULO 8

Bajan en la estación de los Viajeros Perdidos. La gente que sale del convoy camina en masa hacia la salida que da a la calle de las Sirenas Afónicas, pero Bruno les dice que tienen que ir a la otra punta.

—Pero si no hay escaleras... —señala Vale.

Al final del andén hay unas barreras medio cubiertas con carteles. Están en obras.

—Venid. La guarida de los Pillard está cerca.

Retiran una de las barreras, encienden las linternas, bajan unas escaleras y avanzan por espacios en construcción. Bruno y Vale van delante, el resto de los Enmascarados cierran el grupo. Esquivan sacos de cemento, herramientas, carretillas.

—No entiendo nada —le dice Vale a su padre.

—Estamos recorriendo un enlace que va a una línea de metro que aún está por acabar. Las obras se pararon hace años por la crisis, y los Pillard se montaron su pisito aquí. Bienvenido a su *infierno*.

Cuando llegan a un andén, Bruno llama a una puerta, y les abre un hombre forzudo que los apunta con una metralleta.

—Baja el arma, ya sabes quién soy. Quiero hablar con Andrea y Rick.

El musculitos los deja pasar. Dentro, un tío con tatuajes se planta ante el padre de Vale.

—Caramba, cuánto tiempo... Tu visita nos honra, Bruno. Pero no tenemos ningún negocio entre manos, ¿no? ¿Para qué has venido?

—Necesito las piedras preciosas que os vendió un chico argentino en Manoli Compra Joyas, Rick.

—¿Estás de broma? Pagamos un dineral. Solo una quinta parte de lo que valen, claro, pero, ¡ahí es nada! —dice Rick con una sonrisa maliciosa.

—Las piedras son nuestras, no hay más que hablar —añade una mujer que debe de ser Andrea.

De repente, Vale grita «¡Superjusticia!», da un salto, se coloca en medio de todos, se levanta la falda y muestra unos calzoncillos luminosos de los que también sale música: «*Aquí se baila la yenka, ¡ay, qué fácil es la yenka!, mira qué bien va la yenka, y qué graciosa es la yenka. Izquierda, izquierda, derecha, derecha, delante, detrás, ¡un, dos, tres!*».

Aprovechando el desconcierto, Otto saca un violín y sigue la cancioncilla a toda velocidad, David y Temis reparten collejas y rodillazos, Ela dispara flechas con el arco y paquetes de clínex con las manos, y Carol usa la

espada jedi para embadurnar de maquillaje a todo el que se le pone por delante.

Pero su esfuerzo es inútil, porque los matones de Bruno no pelean. Los Enmascarados quedan acorralados enseguida.

—¿¡Vosotros no hacéis nada!? —le pregunta Vale a su padre.

—Hemos venido a hablar.

—¿¡Se puede saber quiénes son estos sonados!?

—El de los calzoncillos es mi hijo Valentino, Andrea. Recuerdo que ya de bebé tenía predilección por los pañales llamativos. Y sí, hacen cosas raras, pero no les hagáis daño. Quiero negociar con vosotros.

—De acuerdo, negociemos —dice Rick—. Si quieres las piedras, tendrás que pagarnos el doble de su valor real y asunto zanjado.

—Os recuerdo que me debéis una: os salvé de la bofia en la

redada del casino clandestino de Villa Pardilla. Dadme las piedras y quedamos en paz. Démonos la mano.

—Ni de broma —contesta Andrea—. Quedamos en paz, nos pagas el valor de las piedras y asunto zanjado.

—Es demasiado: mi favor saldado y os pago lo que pagasteis vosotros por las piedras. Démonos la mano. —Bruno extiende su brazo.

—Mmm, lo que has dicho y el sesenta por ciento de nuestro próximo «negocio».

—De acuerdo, volveremos a trabajar juntos, pero solo os quedaréis el cuarenta por ciento.

—El cincuenta y asunto zanjado.

Bruno asiente y estrecha la mano de Andrea y de Rick.

—Venid a mi hotel. Haremos el intercambio, la pasta por las piedras, y hablaremos del futuro.

Vale no sonríe, sabe que su padre ha tenido que pagar un alto precio por recuperar las piedras. Pero, si nada se tuerce, podrán devolvérselas a Perrote para que intenten restaurar la copa antes de que empiece la gran final de la Liga...

PITIDO FINAL
A UN PASO DE LA GLORIA

Ha llegado el último partido de la temporada, el momento culminante, la finalísima. Los Reyes del Silbato están en su vestuario y escuchan a Vicky.

—No os sintáis presionados. Vuestro triunfo es haber llegado hasta aquí; eso es lo que demuestra que sois muy buenos. Ganar o perder hoy es una anécdota.

Se abre la puerta y aparece Perrote, sonriente.

—No tendría que entrar en vuestro vestuario, pero... quiero deciros que lo hemos conseguido: ¡tenemos la copa entera y bien montada! Ahora mismo acabo de traerla del taller. Los técnicos se han pasado toda la noche trabajando para restaurarla.

—¡Yuuuju!

Vale da un salto, hace dos ruedas, tres croquetas y cuatro volteretas. Y acaba sentado en el suelo, mareado. Los otros Reyes vitorean y aplauden.

—¿Estáis a punto para la final?

—Ahora les estaba diciendo que lo más importante es lo que han demostrado durante todo el año.

—Tienes razón, Vicky, así es. Pero, ¿sabéis qué? Si os soltáis, vais a comeros a los Gallitos con patatas.

—¡Desde luego! ¡Haremos *what's not written* para ganarles! —dice Carol con su inglés de estar por *house*.

—Hoy podríamos pasar a la historia como campeones —remarca David—. Nadie es invencible.

—¿Aunque las apuestas estén 10 a 1 a favor de los Gallitos?

—Claro que sí, Elita. Hay que intentarlo.

—Quizás nunca volvamos a llegar a una final —añade Temis.

—Tíos, tenemos que arbitrar como si fuera nuestro último partido, y ser dignos del rayo que llevamos en el pecho. ¡Vamos!

Vale se da cuenta de que todos esperan algo más.

—Querido, ¿no nos propones algún truco para relajarnos? ¿Con cartas, pinzas, cordeles o muñecos de peluche?

—Se acabó la magia, hoy vamos a dar la cara —contesta Vale, mirando a Temis.

Los Reyes salen muy motivados al túnel de vestuarios,

donde se encuentran con los veintidós futbolistas que van a hacer de comparsas, además de con los otros seis protagonistas: los Gallitos.

Unos y otros se saludan, pero apenas intercambian palabras. Están concentrados.

Al salir al campo, el ESTALLIDO es colosal. Los aficionados agitan banderines de linier y los aclaman, lanzan al aire confeti de colores y sueltan globos que sobrevuelan el estadio.

Los dos equipos arbitrales forman una fila en el círculo

central mientras suena el himno de la Liga. Vale mira al palco. Ve a madame Brigoepiel y al caracaballo, a Eloy Yourmoney vestido como un pingüino, la copa, como nueva, a un lado, y más allá a todos los padres: ahí están Raquel, que aplaude como loca, y Bruno, que levanta un brazo y cierra el puño para animarlo.

Vale sonríe. Después de todo un curso aprendiendo y compitiendo para llegar a este día, no pueden conformarse con el segundo puesto. Esto es demasiado grande y bonito; él va a darlo todo. ¡Es una final DE CINE!

GALLINERO PRODUCTIONS

Comienza el primer asalto. Los encargados de arbitrarlo son los Gallitos Salvajes. Verlos actuar es como ver una película buena, y ellos son los protas, los mejores, lo hacen todo bien.

CRACKS DEL ARBITRAJE PICTURES

Y

GALLINERO PRODUCTIONS

PRESENTAN

De los creadores de *It, el árbitro del pantano contaminado* y la supertaquillera *El despertar de la farsa*, que molan mucho...

Una historia basada en hechos reales.
La peli de acción...

¡Gallitos al poder! (1.ª parte)

Con los hermanos Jonathan y Kevin en el papel compartido de gallos *number one* y Morgana, Tania, Norman y Sheila como superestrellas de corral que no llegan a tanto como los otros pero casi.

Durante los primeros veinte minutos los Gallitos, que empiezan a hacer cambios en las posiciones de árbitro principal y linieres, no cometen ningún error. Es un auténtico recital.

Por suerte, toda peli tiene un momento en que al prota no le va bien y, por fin, Norman pita unas manos que no son. El jurado consulta las imágenes del VAR y apunta los dos primeros palitos en la columna de fallos.

Después, Vale se da cuenta de que Sheila, que hace de linier, tarda bastante en levantar el banderín en un fuera de juego clarísimo. ¿Quizás tiene dudas?

—Me parece que los Gallitos están nerviosos —opina Temis.

—El error de Norman les ha generado presión —explica Perrota.

Sí, están descentrados, han perdido frescura, como diría Vicky. O sea, que ya no arrasan y empiezan a equivocarse.

—Los Gallitos son humanos, queridos. Si lo hacemos muy bien hasta podemos ganarles.

—*Great!* Aunque tendremos que batir nuestro propio récord de aciertos —dice Carol.

—Haremos lo que podamos.

—Temis, quien hace lo que puede no hace nada. No estamos aquí para intentarlo, sino para conseguirlo.

Vale hincha el pecho y le sonríe. Espera alguna señal de complicidad, pero, como siempre, ella se vuelve hacia otro lado. Es lo que hay. No pegan ni con cola.

Se oye una pitada ensordecedora. Tania ha dado por bueno un gol, pero los aficionados que están a favor de los Reyes protestan mucho. ¿Por qué? El jurado comprueba la jugada con el VAR, y dice que no es válido porque el delantero lo ha metido con la mano y no con la cabeza. ¡Otro error!

Pero son tan buenos que, en el descanso, los Gallitos tienen 109 aciertos y solo 12 fallos, lo que equivale a 97 puntos positivos. Sencillamente ESPECTACULAR.

REINO & CO

Comienza el segundo asalto. Los encargados de arbitrarlo son los Reyes del Silbato. Al principio, Temis es la árbitra principal y Otto y Carol hacen de linieres.

NO TAN CRACKS DEL ARBITRAJE PICTURES

Y

PRODUCCIONES DEL REINO & COMPAÑÍA CANINA

PRESENTAN

De los creadores de *Un árbitro viene a verme y me largo por la ventana* y de la galardonada *Piiip-Piiip Land*...

Una historia basada en hechos fatales.
La peli de risa...

***Abracadabra, o remontas o te desmontas* (2.ª parte)**

Con Temis en el papel de reina suprema; las hermanas Carolina y Daniela como consejeras reales; Otto como juglar; David como guerrero superPro y Valentino como bufón de la corte.

A lo largo de esta segunda parte, Vale observa sorprendido el arbitraje de sus amigos: están muy concentrados y dan lo mejor de sí mismos. Temis, que a principio de curso sacaba tarjetas a punta de pala, ahora avisa antes a los infractores.

Carol y Otto también toman buenas decisiones y se sueltan: en un momento dado hacen una coreografía musical arbitral que relaja el ambiente y crea espectáculo.

David va sobrado. Su agilidad felina, la calma que transmite y los conceptos bien aprendidos lo sitúan a la altura de Jonathan y Kevin. ¡O más! Hasta a Ela, que siempre tiene miedo de fallar, hoy le sale todo bordado.

Y en el caso de Vale... va bien. Todo fluye. Funciona.

Faltan dos minutos para que acabe el partido y él es el árbitro principal. Los Reyes tienen 102 aciertos y solo 7 fallos, lo que equivale a 95 puntos positivos. Les faltan dos para igualar a los Gallitos y tres para superarlos.

De repente, un guardameta que ha hecho un servicio de portería se tira al suelo para perder tiempo. Dice que le ha dado un calambre, pero es cuento. El impulso inicial de Vale es mandarlo a freír espárragos y expulsarlo, pero solo le amonesta verbalmente.

El jurado añade un palito a la columna de aciertos, ¡y ya son 103!

Pero el portero mantiene una actitud desafiante. Se levanta, planta el balón en el área pequeña, da unos pasos atrás para tomar impulso, se vuelve para recoger unas bolas de papel y tirarlas más lejos, se ata una bota... Vale se acerca, decidido, y le saca una tarjeta amarilla.

Quedan treinta segundos y los Reyes ya tienen 104 aciertos y han empatado con los Gallitos a 97 puntos. Van directos a la prórroga... y entonces un futbolista hace una entrada muy fea a un adversario, Vale saca otra tarjeta amarilla y recibe otro palito en la columna de aciertos, pero los futbolistas lo rodean, ¡y algunos lo insultan!

Lo que siempre le ha costado es controlarse en estas situaciones. Tiene un carácter explosivo y solo consiguió controlarlo una vez, pero le costó mucho. Ahora le insultan con palabrotas y está a punto de mandarlos a paseo...

Pero no lo hace. Respira hondo, se mantiene inmóvil. Alza la mirada y, por encima de las cabezas de los futbolistas, mira el videomarcador: 105 aciertos y solo 7 fallos, igual a 98 puntos positivos. Los Reyes del Silbato acaban de hacer el partido de su vida, y ahora todo depende de él. No puede fallarles.

Una mala decisión y todo se irá al garete.

Consulta su cronómetro: solo quedan cinco segundos. ¿Qué es lo mejor? Aguantar la tormenta quieto como un palo y pitar el final.

¡Piiiiiiiiip!

—Todos a los vestuarios —les ordena a los futbolistas acalorados, oye con serenidad todos los comentarios que le sueltan antes de irse y asiente sin discutir.

El jurado apunta dos palitos en la columna de fallos por no haber sacado tres tarjetas a dos jugadores demasiado malhablados, pero también apuntan dos en la columna de aciertos, por haber mantenido la calma y pitar el final del encuentro cuando tocaba.

¡Son... CAMPEONES de la Liga! Los linieres de los Reyes, que en ese momento son Temis y Ela, corren al banquillo a abrazarse con sus compañeros y con Perrota. 107 aciertos y 9 fallos es un récord increíble.

Vale no se mueve del centro del campo, mira desde lejos a sus amigos. Los Gallitos, sentados o tumbados en el césped, abatidos. El público los aplaude. Y en el palco, la tal Raquel, que llora emocionada y quizás no sea mala gente, y su padre, que salta de alegría.

Ahora Vale sabe que nunca lo perdió del todo. Su madre se fue de casa cuando él era pequeño y desapareció para siempre. Después supieron que tenía otra familia en la otra punta del mundo.

En el metro, mientras iban al infierno de los hermanos Pillard, Vale le había dicho a Bruno que tenía que superarlo.

—Tu madre era la mujer de mi vida, Valentino.

—No, papá, si se fue es que no lo era. Deja de vivir en el pasado y mira hacia delante.

Y él le dijo que sí, pero poco convencido.

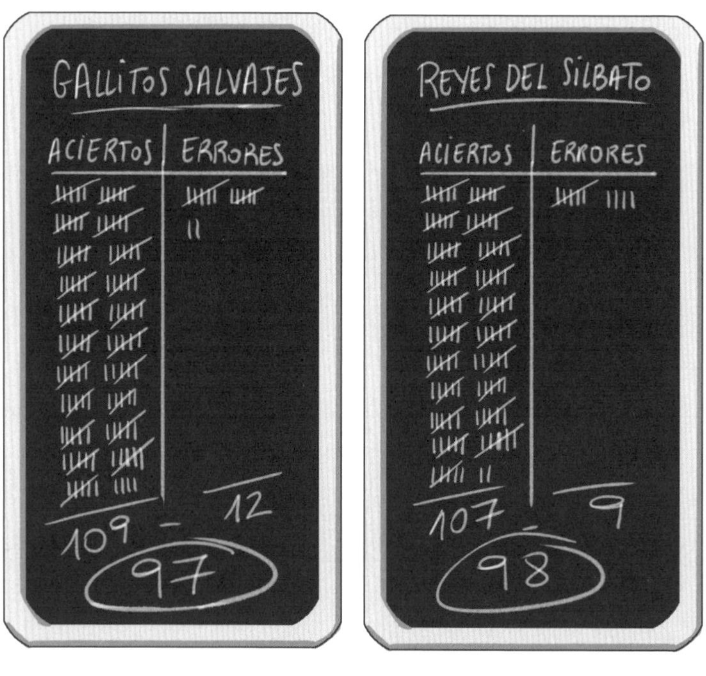

ESCUELA DE SUPERJUSTICIEROS DEL FÚTBOL
DE LAS ISLAS MÁS QUE MALDITAS (EUROPA)
LIGA. *FINAL FOUR* 1ER. CURSO

SEMIFINAL 1		SEMIFINAL 2	
Reyes del Silbato	Sin Perdón	Superstars	Gallitos Salvajes
77	**74**	**82**	**84**

PARTIDO POR EL TERCER PUESTO

PERDEDOR SEMIFINAL 1	PERDEDOR SEMIFINAL 2
Sin Perdón	Superstars
73	**76**

GRAN FINAL

GANADOR SEMIFINAL 1	GANADOR SEMIFINAL 2
Reyes del Silbato	Gallitos Salvajes
98	**97**

EL VESTUARIO.
LA FUERZA DEL RAYO

—Tengo una misión muy importante, por eso me voy, tíos.

Los Reyes del Silbato están sentados en la cafetería del aeropuerto. Han ganado la Liga pero pierden a uno de los suyos.

—Lo entendemos, pero echaremos de menos tus trucos de magia, compañero.

—Esos muñecos de peluche lamentables.

—Tus croquetas y ese correr sin sentido, como si estuvieras en una cinta de gimnasio, querido.

—Los calzoncillos impactantes, *honey*.

Temis no dice nada.

Al cabo de unos minutos aparecen Raquel y Bruno y le dicen que tienen que embarcar en el avión, que su vuelo va a salir enseguida. Vale se despide de todos con abrazos.

Hoy Carol no sonríe, aunque por la mañana la han acompañado a comprar ropa. Y a Otto no le da el pronto de tocar «*Adiós con el corazón que con el alma no puedo…*»

con ningún instrumento, por suerte. Ela ya hace rato que llora y David le va pasando pañuelitos de papel. Temis está cabizbaja.

Peter y Vicky llegan en el último momento y le desean suerte.

—Si alguna vez quieres volver, ya lo sabes —dice él.

Vale levanta la mano, saluda a todos y se vuelve. Pero, cuando ya ha empezado a caminar, alguien le tira del brazo.

—Perdóname, nunca he tenido nada contra ti. Eres simpático y divertido, pero...

—No tienes nada de lo que disculparte, Timisita. La vida es así. Que te vaya todo muy bien.

—Y a ti también.

Se cogen del brazo y sonríen. Después Vale sigue subiendo las escaleras mecánicas y, mientras se aleja, mira a sus compañeros de aventuras. Quién sabe si alguna vez volverá a verlos. Quién sabe.

Más tarde, el avión se eleva hacia el sol. Vale vuelve a casa, pero se lleva todo lo que ha aprendido como Rey y como Enmascarado.

Se lleva la fuerza del rayo.

TOP SECRET

ÍNDICE

LOS HERMANOS KOPPA

Victor Koppa nació en las gradas de un estadio de fútbol justo cuando todos gritaban «goool», y seguramente por eso es futbolero hasta la médula. Cuando era pequeño anunció que de mayor quería ser superhéroe (y sus padres se rieron) y más adelante dijo que quería ser árbitro (y sus padres se echaron a llorar).

Es licenciado en Misterios del Mundo del Deporte por la Universidad de Canberra y ha practicado el *mindfulness* y la risoterapia.

Victoria Koppa, como su hermano, se crio al cobijo del videomarcador de un estadio y se sabe de memoria un montón de alineaciones diferentes de su equipo favorito. Después de una etapa como futbolista, fue actriz superjusticiera en un parque temático.

Es licenciada en Filosofía y Superjusticia por la Colorado International School y ha practicado el macramé y el taichí.

Victor es autor de la serie *Superjusticieros del Fútbol* y **Victoria** es su ilustradora. Ambos dicen que todo es pura ficción, pero algunos expertos creen que son agentes secretos, que sus nombres son falsos y actúan de incógnito y que ¡estas historias podrían ser reales!

V & V

Y EN LA PRÓXIMA AVENTURA...

—Acerquémonos —dice Temis—. Vamos a atrapar por sorpresa al maldito secuestrador de Vale.

Los Enmascarados avanzan pegados a la pared. Ela pisa una rama, se oye un crec, y todos menos David le echan la bronca con la mirada.

Cuando llegan al final del muro del segundo cobertizo, Temis y Otto asoman la cabeza, mientras hacen una señal con la mano a los otros para que esperen.

—Hay un hacha clavada en un tocón, que está rodeado de trocitos de árbol —informa Temis.

—Son astillas, querida.

—Y hay otro árbol tumbado más allá. Alguien lo estaba cortando, el suelo está lleno de polvo de madera.

—Se trata de un roble, Temis. Y el polvo se llama serrín.

—¡Cállate ya, sabelotodo!

De repente, un *BRRRRRRRUUUM* ensordecedor estalla tras ellos y les hace perder el aliento. Es... ¡un campesino con los ojos fuera de las órbitas, que maldice sin parar y lleva una MOTOSIERRA!

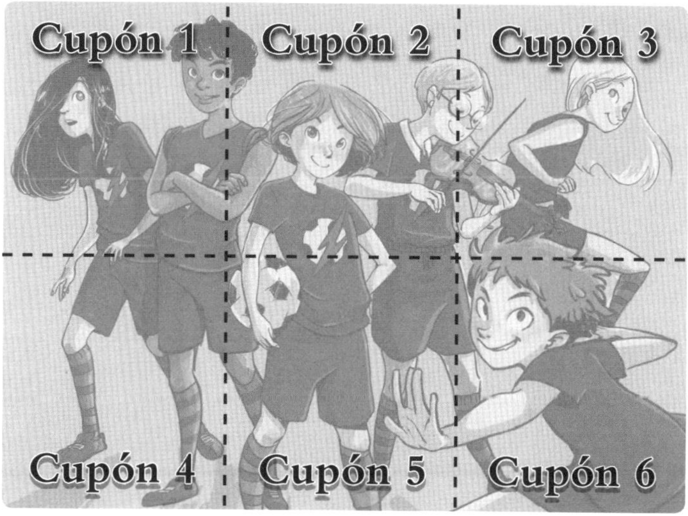

Nombre: __________________ Apellidos: ______________________

Dirección: ______________________________ Piso: ___ Puerta: _____

CP: __________ Población: ______________________________

E-mail: ____________________________ Teléfono: ________________

Recorta el cupón
y pégalo en la cartilla.

TEMIS

A veces se queda paralizada y tiene dudas, pero cuando se pone en serio lo da todo y es la primera en dirigir a sus compañeros.

CAROLINA

Carol va de guay, de superwoman, pero es de buena pasta y le sabe mal atacar a nadie.

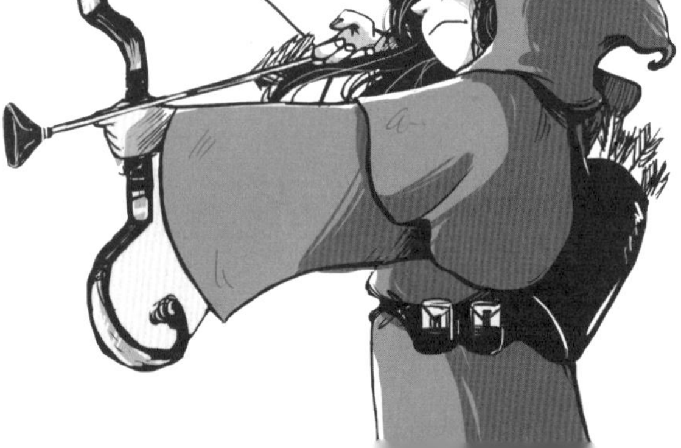

DANIELA

Ela oculta su rostro y lleva un carcaj lleno de flechas con puntas de ventosa, aunque lo más peligroso son sus pañuelos usados.